度人跨诗书系

天高月白

董建成 著

中国文史出版社

让诗篇在灵魂的天空徜徉（代序）

——写在董建成诗词集《天高月白》出版之际

王成祥

王成祥[*]

建成的诗词集《天高月白》就要出版了，约我写序，完全是出于一种感情，我对诗词是门外汉，根本达不到为建成作品写文字的层次。既然答应下来了，只好硬着头皮做作业。站在煤炭行业的角度，发一些感慨，说些边缘的话。

建成是见证了改革开放煤炭工业发展历程的煤矿诗人。活跃的市场经济为这个庞大的能源群体注入了文化元素，煤矿决策者仅具备专业水平和领导才能是不够的，塑造灵魂工程，提高矿工的文化素养，才能跟上快速发展的需要。而要做到这一点，领导干部的示范引领至关重要。可以说，建成就是企业职工文学创作的积极示范者和引领者。我对建成文学创作的关注是从《雨霖铃·黄鹤凄切》开始的，时在 2020 年初，当时陕西省能源化工作协与《陕西诗歌》杂志联办抗疫诗词征文活动，建成的三首"抗疫词"在众多来稿中脱颖而出。他以悲悯之心看现实，以敬仰之意致医护，以感恩之情敬祖国，以光明之期助抗疫，亦如他词句里饱含的感情：

江汉呜咽/唯龟蛇怜，鹤声凄切/孤帆远影沉郁/伤

---

[*] 本文作者系中国作家协会会员、陕西省能源化工作家协会主席。

春处，咫尺天涯／蜗居同甘共患／令新疫枉自／风猎猎，玉龙伏波／大河安澜楚天阔

自古华佗圣手多／斗魔冠，医心照明月／寂寥朝夕禁出／空悲叹，冷落长街／辞去旧年／依是芳菲美景秀色／春风起、杨柳青青／重整新山岳

这首词紧贴生活反映现实，体现了"古为今用"，做到了"推陈出新"，也体现出他的诗词功底，获得了评委的认可和赞赏，最终获得一等奖，产生了广泛的影响。

在这个知识爆炸的新时代，文学作为不可缺少的重要力量，担当着优秀文化传承的使命，始终如一地伴随着时代在发展，滋养着人们的精神世界，丰富着人们的生活内涵，也是见证一个人文化素质高低的重要因素。对领导干部而言，能否博览群书，或者能否积极地读与写，更是衡量其文化素养的重要标尺。我认为，建成已经具备这样的素养，他透过文字、文学和文化的内涵，从繁杂现实中撷拾本质性的思索，追求生活意义的升华，他自由驾驭深厚的文学构架，创作出思想性和艺术性俱佳的优秀作品，呈现给人们一种浮白载笔的洒脱飘逸，字里行间流露出异于常人的豁达与豪迈。他的每一首诗词都是一个故事，都是诗人对寻常事物的别致体悟，质朴与细腻的描述寄寓他深切的感喟，读之令人时而荡气回肠，时而轻吟沉思，言有尽，而意无穷。

"铁马蒙毡豪情挥，霞蒸大漠，且看白雪堆"的景象让读者感受到不一样的大漠风光；"远舒极目，漠上风，澄澈沙海披绿。红柳疏榆，毛乌素，荒漠翠洲佳木"带读者领略了一代代治沙人通过不懈努力，将毛乌素沙漠变绿洲的美景；当作者站在秦直道上，忍不住抒发"千里驱除强虏，万民无恙安宁"的豪情；当看到"山横一画亘古传，巨龙腾起长城边"的现代化矿井，作者难掩激动与自豪，笔端不觉流露出对矿山的眷恋；"金甲铁流卫祖

国，银鹰长舰安九阙"，是作者赞美大阅兵的壮观场面，读之仿佛身临其境，也同作者一起，为祖国的强大振奋激昂，热泪盈眶。

建成的工作地多在神府百里煤海，他在那里创作的诗词亦如浩瀚毛乌素沙漠一般气势恢宏，可一回到长安，诗人笔下马上就有了"白鹅戏水，墨染书香"的雅致玲珑。你看，"绿水人家、飞燕戏檐久"，是多么清逸舒展；闲鸭"踏起波澜逐莘草，不是鸳鸯戏水仙"的悠然，又多么让人流连忘返；而站在池畔赏"曲水流觞酒未老，画舫江中舟自漂"，则别有一番趣味。再看，"木色秀，蝉鸣绿荫。松子落，鼠窜草滑，虫蜩蝈轻吟"的玉华山，处处留着诗人走过的记忆；"百峪似仙境，逐梦向蓝关"的烟雨秦岭，又引起多少人的向往。我想建成是在烟火生活中找到了一方纯净惬意的世界，那里有"刚毅清名气轩逸，万空竹为谷"的磊落与淡然，又有"天高月白，何须叹愁绪"的安闲与自在。

雪对北方人来说是熟悉的，更是牵动灵魂的。在建成的诗词里，雪是有生机有温度的，"首雪铺满山"里的雪，像音符一样灵动跳跃，"曲水披雪俏玲珑"里的雪活泼通透，"松竹旁，傲雪长"里的雪任性恣意，而"一行屐齿，引来鸣吠雪霁"里的雪，又是亲切热闹的。建成把冰冷的雪写出了人情味，也偷偷地在读者的心里，种下了对雪的期许。

一曲高歌一樽酒，一人独钓一江秋。古今中外，大凡诗人都沾带酒香。建成也是衔觞挚友，杯酒成诗。"浮生得酒醉诗篇，举樽欢，舞翩跹。诗酒年华，情契化云烟。"每逢四季时令，更要对酒当歌：春天，"晚来沽酒小院，尝做俗中仙"；谷雨时节，"一杯醇酒烈，红尘觉，君意惬"；清明节，"暮山遮尽云烟愁，一寸柔肠伤春酒"；端午节，"敬祭饮酣黄酒，楚雄英烈千秋"；秋天，"残酒消梦晨曦早，凉亭曲桥轻烟绕"；初冬，"堂下把杯醺酒，座前烹茗香生"不够，还要"歌酒怅作侣，君劝豪饮杯未

3

停"……诗人与酒的是一场完美的邂逅，建成以酒酬友，也像李太白、苏东坡那样，"共将诗酒趁流年"，酒中自产诗中仙。

建成的诗词几乎都是发自内心的抒怀，对寻常事物着意观察，撷取灵感，琢磨成诗。仿佛将自己的性情完全装在诗篇里，恰似侠客把人生装在剑鞘中一样，红尘万丈，弱水三千，心有猛虎，细嗅蔷薇。他的诗词用语简洁朴实，抒情大胆流畅，意象奇特变幻，色调明朗开放，他把灵魂的点滴融汇到无尽的诗词河流中，自然形成了一种与众不同的风格。

作为老朋友，对建成恒久的钻研和不断提高的水平深感佩服，我深知这是一个漫长而又艰辛的过程。他把诗词之美展现给读者，是对生活的一种诠释，对灵魂的一种慰藉，也是弘扬国学，传承民族优秀文化，可以说意义非凡。祝愿建成以他的豁朗之情、开阔之意、洒脱之气，继续深入诗词的美学之境，做一个自由的讴歌者，采一束野菊，摘一片朝霞，掬一捧清泉。

2021 年 11 月

目　录

第三辑

第五辑

序章

XUZHANG

智贺九章

世纪沧桑，延长石油创造百年辉煌；十年风雨，巴拉素煤业筚路蓝缕、风云激荡。砥砺前行跟党走，辛劳鏖战谱诗篇。

井塔巍峨，井巷宽畅，乌金墨玉即将浩浩汤汤流淌；栈桥逶迤，浅槽洗选设备整装待发，朝阳蓬勃升，产销两兴旺。采掘奉献光和热，机运通风现代化、智能化交响曲共同奏响。智能化建井，建智能化矿井，无人化开采正起航；智能煤矿，延长方案，正书写在毛乌素沙漠的广袤天宇之间。

在喜迎巴拉素煤业公司成立十周年及矿井建成投产之际，学思深悟百年党史，细学精研延长石油百年历史，回眸凝望建矿十年峥嵘岁月，潜心凝练文辞，填词九章，谨向发愤图强的创业者们致敬，为巴拉素煤矿建成投产欢欣志贺。

一、智能矿井

资源化，场景化，数字化；配置先进，融合互通，智能协同。

水调歌头·智能矿井赞

大漠风景线，绿色好家园。

一流煤矿示范，融慧世界巅。

综采盘龙灵动，快速掘锚飞虎，

一键运行安。

井架巍巍耸，欲冲彩云端。

3

机器人，大数据，云互联。
十三系统集成，延长智方案。
多跨协同场景，集约物流精准，
智慧蕴奇观。
引领高科技，墨玉放歌欢。

二、智慧矿区

新理念，大平台，高效率；智能服务，文明和谐，万物
智联。

鹧鸪天·智慧矿区美

共享发展沐党恩，激情腾跃驾青云。
智园慧水巴拉素，绿色祥和遍地春。

云计算，溢荣欣，集成数据链储存。
本安高效康福路，低碳循环惠乾坤。

三、仁智融善

施仁爱，厚信义，秉勤俭；克己恭廉，谦让忠厚，恪尽
职守。

菩萨蛮·仁智融善沐春风

仁达礼智彰明丽，幸福快乐员工喜。
关爱铸深情，帮扶互助成。

同舟当共济，勤善结情谊。

敦睦汇和谐，齐心双手携。

四、德智守正

明明德，守正道，启心智；砥砺品行，正心明道，怀德自重。

卜算子·德智守正歌

涵德开智慧，笃信居正道。

沐雨同舟见挚情，素养人格好。

大漠凝青春，吾辈非蓬草。

征战十年竣工时，厚土风光耀。

五、睿智创新

知广博，智聪颖，思敏捷；崇明睿智，与时俱进，持续创新。

采桑子·睿智创新进行曲

聪明博采心知好，

思进无疆，乐道高扬，

巴拉素人求索忙。

时代发展高质量，

科技为纲，创新兴昌，

世界一流分外强。

六、智圆行方

天地和,人事通,容万物;知行合一,方正圆融,纵横捭阖。

相见欢·智圆行方哲理明

儒风高雅兼修,智圆酬。
磊落刚强坚毅,雄赳赳。

学识广,涵养厚,品行优。
文武张弛有道,展宏图。

七、心智练达

胸襟广,眼界宽,境界高;持重练达,大度豁达,包容畅达。

虞美人·心智练达竞逍遥

练达聪颖心智好,冷暖人生笑。
月圆月落永无闲,淡看春江秋水、竞逍遥。

沧桑历尽星光耀,奋斗通达道。
展宏图伟业恢宏,建设智能矿井、做一流。

八、智勇双全

有胆识,有韬略,敢担当;能征善战,刚柔相济,坚毅勇敢。

浪淘沙·智勇双全练队伍

智慧物华光，勇毅刚强。
能征善战启苍黄。
滚滚乌金憨笑涌，浩荡朝阳。

爝火聚荒茫，科技兴矿。
铁军傲骨献隆昌。
乘胜创新成大业，雄壮昂扬！

九、众智聚能

合众力，汇众智，聚众能；博采众长，万众一心，众志成城。

西江月·众智聚能天河灿

个个聚和献智，人人奋进争先。
群星拱月灿天河，旖旎春光无限。

五小双创攻关，三功两素全员。
蒸蒸日上攀高端，众智攻城凯旋。

第一辑

DIYIJI

卜算子·漠上白露

秋风起漠上，
沙丘落叶苍。
萧瑟蒹葭随风去，
白露结成霜。

清辉迎朝阳，
日影更鹅黄。
缥缈白云去何方？
伊人独凝望。

卜算子·晚舟

归来故乡安，
月明晚舟唱。
身陷囹圄云遮月，
桎梏岂能忘？

千日阴霾休，
冲破万重障。
祖国相伴不曾分，
历难更坚强。

卜算子·明月归

明月迎晚舟，
故乡是真情。
天涯咫尺三年愤，
青灯伴倩影。

凤归日已晓，
今临东方红。
历经磨难志坚贞，
浩气存长空。

卜算子·咏竹

梅松结寒友，
傲世吟风骨。
已是节高丰姿俏，
凌雪独飞舞。

素雅碧玉妆，
冰语林泉赋。
刚毅清名气轩逸，
万空竹为谷。

卜算子·湖光岩

沙白镜水平，
奇壁湖光岩。
天造地设玛珥景，
混沌初开万年。

清风诵楞严，
绿荫蔽蓝天。
学做蓑翁钓江月，
鱼龟山石间。

采桑子·清明

春日踏青百草青，
雨落清明。
天朗清明，
风和日丽大地宁。

年年今日祭祖日，
还泪坟茔。
又见焚影，
孝道敬亲城郭静。

采桑子·白露

霜冷露白共云霞，
木叶簌下。
倍惜秋华，
萧瑟秋风入万家。

南雁归时卧平沙，
不为芦花。
远飞天涯，
乡路漫漫风光佳。

采桑子·寒露随感

南飞鸿雁菊花灿，
月冷天凉。
露浸成霜，
尽染层林印岭岗。

枫红秋韵斑斓点，
稻禾清香。
银杏金黄，
落叶飘零是秋光。

采桑子·秦岭秋韵

层林尽染终南好，
叶落知秋。
枫红韵秋，
萧瑟风中黄花瘦。

岭分江河千水竞，
南下东流。
北去东流，
奔腾到海争上游。

朝中措·端午感怀

滔滔汨水竞龙舟，
节序近端午。
插艾悬蒲祈福，
细缠角粽香浮。

《离骚》《天问》，
怀沙绝唱，
屈子风骨。
敬祭饮酽黄酒，
楚雄英烈千秋。

朝中措·千年枣树

虎须云姿朝天扬，
千劫古木昌。
龙爪盘根润枝，
东风吹醒枣香。

翠峰寺底，
延长寻梦，
能化新妆。
犹记创业艰难，
又写新程篇章。

蝶恋花·大漠春分

春分前日雨雪威，
作意留春，满天如絮飞。
千花百卉随令归，
何惧风寒乾坤翠。

铁马蒙毡豪情挥，
霞蒸大漠，且看白雪堆。
雨雪谁把阴阳追，
晴后春暖是朝晖。

蝶恋花·春天使者

丽日祥光河畔柳，
绿水人家，飞燕戏檐久。
墙外芬芳香浸透，
门含春色风依旧。

莫道桃红花正秀，
雷震惊鸿，且看魔冠伏。
天使圣心舒广袖，
荡平余孽云烟收。

蝶恋花·曲江春景

东风送暖百花笑，
少长咸集，林下霓裳俏。
曲水流觞酒未老，
画舫江中舟自漂。

拂面柳丝惹人闹，
桃樱杏李，兰芝暗香饶。
夜阑华灯池中照，
大唐不夜人如潮。

蝶恋花·清明雨

梨花带雨清明柳，
枝头花簇，细珠和泪流。
粉白晶莹色剔透，
风软红颜若雪留。

长亭垂丝不胜瘦，
绕梦牵魂，仙影弄修竹。
暮山遮尽云烟愁，
一寸柔肠伤春酒。

蝶恋花·伏热

天际流光云不居，
蛙伏水中，蝉鸣断无续。
修竹翠影何处去？
熏风吹燥老榆树。

清瘦夏热伴酷暑，
骄阳当空，阴沉万物苦。
春亭纳凉凉如许？
轻解汗衫净心悟。

蝶恋花·重阳山色

历尽春夏花无语，
重阳菊开，寥廓霜天序。
层林烂漫山中趣，
叶黄枫红燃碧树。

朝阳夕霞千千缕，
天高月白，何须叹愁绪。
纵使美景留不住，
怅乐心底悦久许。

蝶恋花·红石峡

万里长城边塞雁，
北望平沙，遥看云舒卷。
沧水榆溪流急湍，
石红紫气峡中满。

一片残阳斜照浅，
注目摩崖，辞刻镌岩断。
空谷飞鸿天际远，
欲将岸柳邀君伴。

蝶恋花·塞上晚秋

时序轮寒凋碧树，
榆柳银杏，满目金黄图。
霜侵丹枫万物妒，
青紫嫣红塞上赋。

平沙千里迢迢路，
萧瑟风起，落叶无情舞。
鹰踏夕阳惊秋暮，
望尽余晖天尽处。

蝶恋花·庚子圆月①

粉月如盘映九州，
挥洒银光，云隐蟾宫后。
嫦娥舒袖天地昼，
吴刚喜捧桂花酒。

借问仙子乐何奏？
欣慰除魔，荆楚瘉无忧。
愿送瘟神莫回首，
虞韶华夏千秋佑。

① 2020 年 4 月 8 日零时武汉解封，当日逢天文景观超级大月亮。

蝶恋花·英烈祭

梨花如雪化悲流，
满树清霜，只为忠魂舞。
先烈丰碑矗山首，
祭奠培土苍穹幽。

百年征程天地赋，
同唱党恩，旗帜飘万古。
草木含笑芳菲路，
红亭劲松英雄谱。

洞仙歌·月圆静好

冰轮孤独，
惟万家安好，
同梦探春月信到。
怅江天寥廓、山泽无虞，
待朝日，
韶秀明光普照。

无端尘肺苦，
青霭冥然，
平野疏烟负芳草。
但使雷火明，地顺天昌，
东风起、清辉竹摇。
纵凄清、梅香犹余寒，
御碧水沧浪，翠微花笑。

定风波·秦岭呈瑞

秦岭初雪万山空，
走马伏魔惊飞鸿。
屺平别院插冬柳，
尘伏，
来年花好待新风。

望尽终南幽兰静，
业成，
重现雄霸汉唐风。
远鼓金钟旌旗展，
笑看，
祥云浮瑞王气中。

淡黄柳·暮春雨霁

冷雨连日，飘落花无意。
湖亭芳景怎飞去？
田田荷盖珠玑，
骤晴方觉夏将至。

春雨霁，南山云烟织。
阡陌里，绿水碧。
挡不住风光更旖旎。
永阳流觞，顾盼生辉，
莺燕细说柳依。

淡黄柳·谷雨

连绵雨夜，春到谷雨节。
落花无意溪水别。
满树新翠嫩叶，
飞絮沾襟水珠贴。

细风斜，一杯醇酒烈。
红尘觉，君意惬。
布谷鸣阡陌唱莺歌。
茶扬山空，仙作云去，
喜润乡间村野。

点绛唇·寻觅秋痕

夜降严霜，
枫红胜过春时华。
孤枝叶挂，
池上几只鸭。

寻觅秋痕，
静水深流下。
问酒家，雁鸣平沙，
心舟谁来划。

风入松·清秋

电雷云密雨难收，
奔水向东流。
芰荷锦落池塘浮，
仲夏梦、蝉噪高柳。
山碧如洗葱绿，
小城烟练通幽。

登高临远华天悠，
香雾近高楼。
瑶琴风物相宜致，
莫过于、花和诗酒。
谁解荣枯留去，
转身已是清秋。

风入松·初冬

秋光凋尽月凄清，
寥廓夜寒星。
老屋犬吠端如梦，
吼两声、低吟呜呜。
堂下把杯醣酒，
座前烹茗香生。

西风流荡涤心灵，
空负草茅情。
银杉亭柳枫红落，
顺冬时、霜露微凝。
几度残荷妖魅，
绘摹千点梅英。

风入松·沙海清凉

大漠沙海绿徜徉，
浓荫递清凉。
夏风透碧玄蝉噪，
慰宇穹、漫点松香。
云霁九畴斜阳，
塞前金土苍茫。

崇峦含翠蔓菁芳，
银汉月瑶光。
榆边林岸沙河柳，
玉如烟、丹笔华堂。
温酌东君杯酒，
笑看双鬓银霜。

风入松 · 秦直道

野烟疏雨古道行，
离草莽林青。
驿垣峭壁花无语，
叹伟奇，高路云迎。
秦鉴汉唐风骨，
历阶长岭戎凝。

当年征旅北沙平，
兵马齐嘶鸣。
雄关巍峙依然在，
忆兴衰、山岳英名。
千里驱除强虏，
万民无恙安宁。

桂枝香·晨雨荷韵

荷风盈目，
恰万绿丛中，娇妍出浴。
华盖亭亭玉立，蕊黄芳吐。
怅然瑶渚微波起，
乱云飞、夏雨晨沐。
岸竹轻舞，叶鲜草碧，
天涯净土。

向寒鸭、孤单影附，
素无锦翎羽，抖落珠露。
静守塘池，依旧水中凝伫。
烟迷离寸心存续，
叹人生、譬如花木。
栖居古都，柔肠情意，
解习修赋。

桂枝香·金秋楼观

金秋楼观，
正枫红霜天，银杏黄灿。
玉露琼浆交融，仙都安澜。
老君结庐手植树，
婆娑舞、雄姿伟岸。
讲经台前，宗圣宫后，
祈祷千年。

上善池，谦水至渊，
参金科玉律，道德箴言。
拂尘轻揩，紫气东来秦关。
太极初开万物源，
福地青牛佑黎元。
吾辈宏愿，文化自信，
道通地天。

桂枝香·统万城怀古

大漠无边，
望统万孤城，云盖生烟。
霸业垂成已去，惟见残垣。
风流映带驼声里，
问兴亡、倏尔嗟叹。
阁浮金殿，阙台万铸，
无定徒怨。

忆往昔，大夏赫连，
作千古奇帝，蒙汉相传。
辞赋风骚牧歌，史唱已远。
万木参天绿洲美，
牛羊肥、百姓居安。
一代名都，废存如梦，
世间巨变。

喝火令·处暑

晚簟凉初透，
晨寒拂彻身。
习风云淡地天淳。
阶下叶飞梧落，
残暑觅秋莼。

玉露生烟柳，
蝉声喋树轮。
日行时月照乾坤。
夜色星稀，
夜色沁心神。
夜色梦随依度，
酒醉世间樽。

喝火令·洛川夏雨

大雨降洛川，
云横风雷天。
急流奔腾青山远。
雾里垂丝飞柳，
醉打一池莲。

晴后问鸣蝉，
夏花翠欲燃。
长河空净苍茫间。
依稀东流，
依稀皆安澜。
依稀万物蒙萌，
清秋也欣然。

喝火令·庚子大暑

雨水时行落,
云天大暑飞。
毓风欣把沁凉吹。
伏热溽湿承序,
长使夏花追。

露点池塘美,
尘清洗荷微。
漫将仙子悦心偎。
翠在晨曦,
翠在霁斜晖。
翠在晚亭湖美,
岸柳玉蝉威。

喝火令·苦雨

看苦雨暮秋，
招水灾作甚。
连日接月涝害侵。
路桥毁处惊魂，
秦晋洪患频。

北国凄风寒，
山中雪地锦。
天地不仁扰此心。
淡看行云，
淡看丹枫林。
淡看荷塘残英，
看抗洪军民。

喝火令·今秋如烟

凄雨连三秋，
残叶落庭前。
梦里一场花事闲。
窗外冷风飘过，
行人皆畏寒。

枉说金秋美，
首雪铺满山。
倏忽蛙静蝉不言。
未见菊黄，
未见明月天。
未见天高气爽，
今秋已如烟。

汉宫春·春到东湖

鹦鹉洲头，
看鹤鸣行云，
春到东湖。
何来毒雾烟雨？
流年徒浮。
和风千里，
尺雪融、新绿惊俗。
向宇澄，紫阳东来，
楚天德厚尘伏。

春暖花开景象，
伴大河水逝，
万物萌苏。
碧波翠微荡漾，
岸柳盈梳。
晖如晨启，
凌空舞、月淡星舒。
长在是，福泽华夏，
平安相守朝暮。

鹤冲天·秦岭雁行

乘风御鸿，秦岭深山中。
阵雁映空舞，凌苍穹。
万里东南行，
朝天鸣、江天颂，
谐行生来共。
志存高远，浩荡凤翔奔涌。

披星戴月双翮腾，
卧水衔草苇，神州同。
自古声名美，
歌此赋、情怀送。
倚翠秋枫红，
路回峰转，素心弥坚谁动。

含香令·漠上观雨

云卷斜阳，大漠古道起苍黄，风雨狂。
北上，天涯漂泊风尘凉。
踏马急驰揽白杨，水帘飞落漫车窗。
汇聚江河水流长。
风吹细柳扬，雨打黄沙上。
玉珠滚，注目望。见波影，雾茫茫。

好事近·春到商山

春到商山中，
山花半开欲燃。
柳眼柔骨新生，
恰樱红斗艳。

冬云消尽蛰惊动，
只把角龙唤。
嫩芽菜甲碧草，
在阡陌乡间。

第二辑

DIERJI

好事近·龙抬头

青龙驭春风，
昂首巡天长掠。
赏艳景胜广寒，
正阳生时节。

水清河晏樱花约，
玉人临台榭。
最爱东岸丝柳，
随晨曦享悦。

好事近·春暄

孤枕夜苍茫，
弦月如瀑半悬。
春到北国渐暖，
候信惊塞边。

蛰伏冬藏苦无厌，
君把东风暄。
晚来沽酒小院，
尝做俗中仙。

好事近·塞上惊蛰

惊蛰过塞上，
东风料峭微寒。
虽是微笑柳眼，
平沙残雪点。

红尘凛冽河汇间，
霜林锁浓淡。
只待桃李争艳，
才把春使唤。

好事近·大漠春寒

风起大漠春，
寒烟半缕明灭。
飞柳娇嫩时候，
枝头留残雪。

晚来夕阳透昏黄，
院外闻犬咽。
摇首歌罢酒阑，
醒醉照弦月。

海棠春·春早

红梅吐蕾和风俏，
金鼠去、旧符新桃。
玉牛拓荒来，
辛丑春来早。

烟花爆竹除夕到，
笙歌舞、华夏欢笑。
摇曳灯火醉，
只把丰年兆。

海棠春·水仙

水仙一放香满屋，
纤娇媚、鹅黄春赋。
向寒随梅舞，
常使百仙妒。

临水凌波君自悟，
尘生处、淡雅体素。
莫羡泉边树，
静开花团簇。

海棠春·梅令

粉红韵白梅醒处，
溪桥边、春风几度。
美景最妍秀，
欲放正初吐。

老树新芽苞蕾顾，
君静开、天地佑护。
珠颜凝画影，
闻香识如故。

江城子·翠华山初夏

熏风吹醉翠华山，
绿荫间，夏无边。
花落香萦，景换物移迁。
旧竹新亭微雨落，
云过眼，九春还。

坐观池上玉青莲，
鼓蛙喧，碧漪圆。
草黛溪湾，轻隽蕊红残。
钟响深山经板敲，
呈祥瑞，寸心安。

江城子·醉酒当歌

浮生得酒醉诗篇，
举樽欢，舞翩跹。
诗酒年华，情契化云烟。
无语落红春将去，
风过处，夏光燃。

又期榆荚如青钱，
味清鲜，妙中言。
芳草萋萋，伫立苍台前。
梦付野踪醒觉处，
人已老，唯心宽。

江城子·榴花

夏风雨霁榴花燃,
褶裙翻,锦星繁。
祥瑞骊山,青翠绿荫暄。
待到中秋榴实满,
天浆汁,展心颜。

燕衔晴野向终南,
水潺潺,畅游欢。
静坐亭园,学古品茶泉。
相舐情深和睦处,
丹榴籽,抱成团。

江城子·作圣贤[①]

温酒烹茶作圣贤，
夜无眠，汤泉边。
歌罢张载，横渠说经典。
西铭东铭教化先，
创关学，赋新篇。

民胞物与同苦甘，
置井田，解忧患。
玉汝于成，气本万物元。
道济天下笃行艰，
立四为，经世传。

---

① 2018 年 11 月 17 日作于太白山拜谒张载大儒有感。

58

江城子·驼城初雪

寒雪飞来袭驼城，
风霜侵，天地凝。
黄茅肃寂，塞外万木静。
杨柳榆荆披丝缕，
枝条舞，叶飘零。

纵目独望沙点坑，
蒿草青，泪花平。
孤雁沉影，掠过胜神鹰。
缚住苍云千里宁，
毛乌素，任驰骋。

江城子·初冬抒怀

朔风乍起结冰霜，
瘦水塘，蒹葭苍。
半树残容，梢上银杏黄。
顾盼前柳枝条下，
疏影窥，透暖阳。

春花不知蜡梅香，
松竹旁，傲雪长。
银妆素雅，待时守寒凉。
尝叹冬月草木殇，
此心远，美景象。

江城子·寒衣节

初冬轻寒雾色茫，
送寒衣，暗神伤。
祭奠先人，浊泪沾前裳。
追忆恩情静夜里，
酸甜苦，诉衷肠。

黄土墓冢枯草荒，
叹落叶，心彷徨。
纸烛烧去，青烟化思扬。
无尽闲愁与谁说？
孝与念，永难忘。

锦缠道·大秦岭

驭御秦岭，
紧揽牛背梁上，
月亮垭、恰来春帐。
巍峨耸立端凝望，
远眺群山，
霁泽云天朗。

顺祖脉行巡，
汉河泱泱。
碧茶香、雨烟轻扬。
古镇边、农舍新气象，
中兴运策，
浩气冲千丈。

锦缠道·清明祭

泪眼云仪，
雨点九原衢地，
紫烟水凉春初起。
远山叠翠蕙松环，
广寒形素，
庚子樱花祭。

楚河低吟，
令龟蛇黄鹤唉。
疫声平、晏然湖霁。
白衣执甲逆行人，
感时芳懿，
清明梨花衣。

锦缠道·雨洒终南

雨洒终南，
草色翠光丝柳，
喜耕耘泽膏如油。
润滋阡陌春山秀，
笑展愁眉，
地起犁铧沟。

看燕子双归，
娇哦喁啾。
湿霖霖踏青云游。
任水烟花蕊浸透，
向幽兰深处，
落红芳菲流。

酒泉子·诗酒年华

行令飞花，
诗酒年华清雅。
杯作弦，
沙为画，
夕拾下。

漠泊孤雁月梢住，
醉留飞歌处。
榆溪柳，
夜流素，
焕朝霞。

酒泉子·酒尽杯干

酒尽杯干，
高唱酸曲情欢。
歌声起，
战犹酣，
舞翩跹。

琼浆玉液醉中人，
只把兄弟论。
名利淡，
形骸浪，
诗酒仙。

君不见·庚子寒冬赋

其一
君不见，寒月当空半弦冷，
朔风刺骨身子冻。
残雪覆收漠上封，
无定河水百丈冰。
宰羊牛，炉火红。
置筵温茶酒，驱寒度严冬。

君不见，塞北长城游龙舞，
大漠千里雄鹰伏。
红石峡谷湍水流，
镇北台峙卧虎踞。
驼城美，赛天府。
沙地成绿洲，梦枕毛乌素。

其二
君不见，天轮飞转乌金流，
井场钻机频点头。
炼厂化工灯光秀，
电力照明送九州。
能源聚，宝藏赋。
今启十四五，煤气电化油。

君不见，寒温暑往日月复，
草翠叶碧岁时枯。
欲借光阴闲情后，
莫道庚子疫情误。
半初衷，须自渡。
华年似水流，斜阳朝霞赌！

君不见·鬼谷岭

君不见，气结秦岭鬼谷幽，
道通子午汉水流。
冬云初起月西沉，
云雾流峡镜湖舟。
天台观，仙家游。
纵横捭阖去，
智者圣名留。

君不见，门含汉水东流去，
山连南北接秦楚。
泉涌石城飞瀑悬，
潜游鱼龙伏平湖。
云雾山，鬼谷赋。
古街仙影远，
楼阁风波渡。

临江仙·二月终南

青青垄上熏风醉，
春阳杏艳依然。
柳黄草绿翠终南。
梦迷依倚是，
空谷韵幽兰。

梅白樱绽初雪霁，
幽香蜂恋燕喃。
回廊丝柳逸条芊。
今时人远去，
心在碧苔间。

临江仙·辛夷花开

东风似剪百草归，
辛夷花开无声。
霓裳天姿映苍穹。
温润如玉白，
醉在幽香中。

朝花夕拾藉春光，
一树繁华浮生。
芬芳新蕊绿又萌。
寥落花逝去，
留得青色浓。

临江仙·雨荷

玉露金风仙子，
滴珠夏雨莹魂。
花萼双浴蕊黄芬。
鹤姿茎蕾直，
水墨碧荷新。

倩影娇羞沉去，
清流高洁净尘。
莲心如本性归真。
任凭蛙鼓起，
只闻远香醇。

临江仙·咏莲

婷婷如盖盈水立，
熏风催睡荷仙。
玉宫凝露粉奁妍。
逸波摇倩影，
看醉男儿眼。

淡出浊泥身洁净，
冰肌莹润缱绻。
芙蕖婆娑舞翩跹。
莲心谁解，
一叶一蒲团。

临江仙·麻黄梁

千沟深壑连天光，
赤峰红土奇梁。
水山相映碧波长。
崖茅古树，
仙影伴斜阳。

正是雪絮塞柳翠，
大漠如砥苍莽。
龙岭神韵惠风香。
朱弦声彻，
雄壮曲悠扬。

临江仙·元旦感怀

梅绽香馨呈紫瑞，
欢庆旦日和常。
神州大地迎华阳。
乐韶赋浅韵，
感念慰时光。

圆梦征程天马驱，
中华雄起坚强。
三山五岳盖千章。
今朝盛世中，
万事得祯祥。

临江仙·塞上初雪

寒风折柳凋残翠，
阴云密布横空。
琼花飘舞万山封。
自知冬雪来，
莽莽素英中。

北国玉宇好风光，
平沙边漠游龙。
已然冰洁傲苍穹。
道其天地济，
银妆大河雄。

临江仙·榆塞小雪

小雪纷飞塞北地，
玉树尽开琼花。
大漠苍茫披锦甲。
云收日出，
金光透彩霞。

一时莽原千里寒，
冰封北国如画。
天地氤氲万物化。
银装素裹，
傲梅待春华。

临江仙·孝感天动

拳拳孝心品至伟，
千年佳话董永。
卖身葬父天感动。
仙女下凡来，
槐荫为媒证。

天作地合情高尚，
男耕女织意浓。
牵手大爱映苍穹。
古今孝道事，
尽在传承中。

临江仙·西湖水韵

翠墨丹青江南韵，
风荷曲院西湖。
依屏烟雨紫云舒。
榭亭林木隐，
水幕凌波舞。

疏灯幽径山色中，
龙舟兰舫横渡。
回头柳岸伴归途。
笑仙乘凤去，
佳话素情书。

临江仙·龙门洞

洞洞龙门通仙界，
丘祖修身称雄。
磨石静悟定心峰。
道性今安在？
福地悬崖空。

灵山白羽纳水上，
骤雨水黄如龙。
深潭虎啸齐奔腾。
参拜真人时，
风雷际会中。

临江仙·树顶漫步

树顶漫步黄龙山，
翠色欲滴林泉。
盘古劈开濂水源。
古道惊风起，
松涛鼓和弦。

亲子科普融自然，
启迪智慧心田。
幽谷如黛画青山。
锦屏谁作就？
丹青寄少年。

临江仙·瞻鲁迅故居

烟霞六月瞻泰斗，
民族脊梁赤胆。
彷徨忧世狂呐喊。
横眉与俯首，
我血荐轩辕。

三味书屋百草园，
朝花夕拾人间。
小桥流水乌篷船。
粉墙绘丹青，
风骨傲苍天。

临江仙·沈园情长

潇潇夏雨孤鹤飞，
诗境恩爱传唱。
《钗头凤》曲诵情长。
怨恨诗墙吟，
宋井话沧桑。

断云悲歌陆唐痴，
千古遗恨愁肠。
一叶乌篷溪水上。
小桥丽影醉，
清波映鸳鸯。

浪淘沙·庚子龙首

举首问青龙，
同沐东风。
轻杨弱柳草芽茸。
一道春水出峡谷，
欢唱奔涌。

行雁掠苍穹，
北上从容。
曙光初照九州同。
待到桃李花更好，
姹紫嫣红。

浪淘沙·西津渡怀古

一眼看千年，
吴楚雄关。
金戈铁马战鼓远。
车辙留痕青石道，
唱尽诗篇。

独立向算山，
劝学文传。
英才谋略定心丹。
江水横东叹沧桑，
津渡和岸。

浪淘沙·战高考[①]

把酒祝出征，
万里鹏程。
今朝挥策自从容。
回首十载磨剑处，
热血沸腾。

暮鼓又晨钟，
书山苦征。
枕戈待旦未惰功。
鲤跃龙门学子笑，
丹心与共。

---

① 2018 年 6 月 7 日于榆林出差路上，适逢高考首日。

浪淘沙·青岛阅兵有感

破雾向深蓝，
劈浪逐舰。
一时青岛亮神泉。
银燕翱翔连碧空，
鲸跃龙潜。

强海梦千年，
刘公岛外。
甲午饮恨耻犹寒。
七秩向洋图强日，
拱卫云天。

浪淘沙·青岛师传

薄雾漫前湾，
山海相连。
绿树红瓦碧水蓝。
礁石丛生风似帆，
惊涛拍岸。

群英聚汇泉，
融媒清谈。
细沙轻语话煤炭。
追昔抚今新智慧，
倾力办刊。

浪淘沙·新葛牌

参悟初心来，
红色葛牌。
革命热血史册载。
北上长征百战多，
壮气荣哉。

云横秦岭外，
青翠舒怀。
崎岖蓝关通途开。
古镇玉楼景致美，
农家新派。

浪淘沙·江南雨

细雨落江南，
薄雾清烟。
连绵滴沥挂云帘。
夏景丽娇何觅处？
油伞红衫。

湖水碧接天，
荷露轻沾。
小桥斜巷径斑斓。
闲客听竹青气逸，
绿满山川。

浪淘沙·北戴河

海阔映河山，
碧空湛蓝。
枕波逐浪自悠然。
戏水拾贝邀飞鸥，
沙涌滩边。

戴河赋新篇，
绿水青山。
朝霞抒怀染红天。
往事如烟过千年，
胜似神仙。

柳梢青·雪入春分

雪入春分，
漫天飞舞，羽化成魂。
半开桃花，不胜胁威，
风侵君身。

怜惜百卉消沉，
任冷落、今朝寒心。
趁取雨霁，万物争媚，
阴阳平均。

柳梢青·春雨清新

一夜雨下，
尘埃落沙，春到驼城。
金色银花，清新如画，
风解云封。

翰海云边东风，
毛乌素、铁马征程。
大漠风光，乍暖还冷，
鼓戏歌声。

柳梢青·塞上夏韵

塞前柳密，
黄沙碧荫，水落雨直。
消夏送香，风流云岸，
心扉绦绦。

词章写满情诗，
论今古、声碎羌笛。
烟漠苍生，波平清梦，
一望榆溪。

柳梢青·榆溪仲夏

榆溪仲夏，
飞燕归晚，暮云淡雅。
蜓立荷尖，蛙鸣水笑，
波瑶流华。

素心宦海无他，
幽竹空、微醺茶话。
词赋咏吟，翠帘开卷，
悠然天马。

柳梢青·登枝寒鸟

登枝寒鸟，
顾盼留去，晨风料峭。
塞上垂杨，拔地凌霄，
吹起春潮。

天边残雪未消，
平沙回、伏波叠涛。
雨雪过后，阳生阴依，
云霞映照。

满庭芳·红梅报春

风暖驱寒，信使轻摇，
红梅尽开今朝。
青清柳丝，东君言春早。
幽觉蕊香花艳，
不浥尘，染枝孤高。
地气生，乾坤芳效，
昂首迎春潮。

岁暮，弦月冷、阑珊灯火，
闲庭逍遥。
念流年缱绻，鼠去牛到。
摧枯拉朽维新，
和松竹，引领风骚。
旭日升，不争媚娇，
携霞竞妖娆。

满庭芳·西安年

锦绣古城，灯河溢彩，
火树银花赤天。
钟鼓祈福，嘉和天地圆。
千年雁塔披晖，
广场北、喷泉斑斓。
不夜城，人如潮涌，
霓虹星光灿。

年年，引霄汉，大唐群雕，
俊杰名传。
回首春秋月，圣僧尊前。
凝视层楼叠影，
胜江南，曲江灯炫。
大风扬，空前美景，
唱尽秦唐汉。

满庭芳·玉兰

皎白琼英，馨香搓酥，
玉树临风仙子。
高枝数朵，绰约缟素衣。
仰观花盛窈窕，
颜如玉，御乘云气。
交映射，霞光莹洁，
河源庭院栖。

春意，渭水北，寒烟乍退，
风剪柳丝。
虽淡雅鹅黄，嫩绿依依。
回眸鹤姿神韵，
苞蕊含，笑靥寻觅。
问苍穹，兰琴梵音？
抚梦月斜倚。

满庭芳·咏牡丹

云淡风轻，沁香气爽，
粉匀怎掩芬芳？
雨烟过处，玉露映朝阳。
国色天姿盖世，
品高洁、独恋韶光。
盛开时，冠天神韵，
尘世苑中王。

灿然，仙子笑，雍容富贵，
魏紫姚黄。
且爱蕊嫩娇，蝶舞蜂忙。
大道希夷健行，
春华锦、瑞气正扬。
东风醉，江山如画，
引得百花仰。

满庭芳·玉华祥云

玉华祥云，长空如洗，
松间烟生氤氲。
骤雨初歇，亭榭映翠林。
侧耳涛声阵阵，
木色秀，蝉鸣绿荫。
松子落，鼠窜草滑，
虫蜩蝈轻吟。

经年，岁月久，婆罗华盖，
众生易寻。
问高僧，西游传承今讯？
犹唱心经普度，
佛足印，肃成师尊。
初心在，丝路花语，
驼铃伴圣君。

第三辑

DISANJI

满江红·春叹

白絮飞扬，
春色乱、梅花雪叩。
地火明夷柳烟，
天公抖擞。
听雷初唤青绿催，
大地萌新谁能阻。
万众笃定杏林黄，
乾坤手。

度世间，风流赋。
东风却，瑶池皱。
横扫残冬焕景物，
艳肥绿瘦。
楚河梦牵怀思里，
水明花秀千山柔。
春已来，开泰三阳，
披锦绣。

满江红·大阅兵

浩气高天，
七秩庆、旌旗猎猎。
英姿展，军容雄武，
战歌铿越。
金甲铁流卫祖国，
银鹰长舰安九阙。
东风现，利器伏魔兽，
镇危邪。

共同体，惠世界。
华夏梦，同和悦。
难忘却，
百年忧患泣血。
看我强军亮宝剑，
中华儿女真豪杰。
今铸就，国防固如钢，
神龙崛。

念奴娇·红色照金

红色照金，忆先辈，党徽闪耀前方。
犹记当年星火存，热血燎原悲壮。
陈家坡边，薛家寨子，敬瞻伟人像。
烽火陕甘，九死一生敬仰。

弹指八十八年，江山如画，白云朵朵翔。
放歌畅游圣地美，旗帜插满广场。
鲜花烂漫，青翠玉屏，气朗精神爽。
一抹丹霞，引得溪山咏唱。

念奴娇·矿工颂

井深千米，劫火者，无畏矿工兄弟。
混沌凿开，星河灿，辉映人间天地。
脸是黑的，心是红的，尊称煤亮子。
矿山情深，奉献温暖勇士。

综观百业兴起，虽优越堪比，未脱窑衣。
数载沧桑，不叫苦，常入地心游戏。
采掘光明，唯使命担当，肝胆相系。
扎根煤海，不改初心壮志。

念奴娇·追忆谷文昌

谷公文昌，解民意、东山精神生辉。
抛却名利，只为公、无愧四有书记。
种树造林，平沙围田，气贯长虹堤。
死而后已，绿色丰碑民立。

壮语掷地有声，率先垂范，建设受洗礼。
如同麻黄，一粒籽，扎根不求显绩。
不带私心，义无反顾，身后百姓祭。
海晏民富，中流砥柱追忆。

念奴娇·毛乌素感怀

远舒极目，漠上风，澄澈沙海披绿。
红柳疏榆，毛乌素，荒漠翠洲佳木。
鹰掠长天，锦鸡鹤舞，欢唱江山曲。
天轮飞转，钓起晨旭沐浴。

平沙群起高楼，深工矿井，得塞边金玉。
千道云霞流万里，辉洒风流人物。
日暮高亭，酒斟两口，由我醉中语。
人生易老，常与神仙为侣。

念奴娇·可可盖赋

铁龙横卧，天俯首，开山劈地神游。
凿岩穿石，赛铜头，掘进巷道行舟。
拓取宝藏，搏击荒芜，轻探似举手。
科技神器，煤海新兵盾构。

欣逢建党百年，风雨兼程路，至功伟厚。
今日矿工，颂党恩，一颗红心永守。
蓝色土壤，草木林深处，可可盖楼。
鼎沸战鼓，春风浩荡洪流。

念奴娇·元宵春雪

春寒又起，舞琼花，玉羽漫天谁约？
兰佩红梅侵不见，柳白杏回飞屑。
山郭烟微，曲江绿冻，料峭风澄冽。
软纤茎草，沁心冰蕊冷叶。

今日故里苍松，紫藤清竹，树淡枝雅洁。
正在元宵佳节时，恰似天台宫阙。
四序明昌，东来紫气，呈瑞金牛跃。
回眸亭阁，银装素裹香雪。

105

念奴娇·王石凹

傲北凹地，起长虹，山石行云秀色。
老矿风貌今又见，半边楼台亭阁。
主井架前，皮带走廊，长轨连山岳。
风景如画，悠然心会自得。

弹指五十九年，矿区变了，此情与谁说？
犹记往昔煤海里，采掘人生如昨。
北移豪情，开拓新绩业，精神闪烁。
四海为家，奉献光明澄澈。

念奴娇·小河会议感怀

小河溪柳，旮旯沟，御笔光明在前。
帷幄运筹忘我危，定舵三军决战。
群像浮雕，花开杏落，将士上青岚。
陕北征战，风嘶青马渐远。

纵有百万追兵，唯神闲气定，谁能谈笑？
恩泽华夏，乘万里长风，东方红遍。
瞻仰伟人，寻思来路，无愧新时代。
直向沧海，须当奋楫扬帆。

念奴娇·延川瑞雪

雪漫延川，看六花如席，玲珑澄丽。
酣战玉龙鳞甲落，平填壑沟山峙。
古道长亭，黄塬土畔，更是纵冰积。
一行屐齿，引来鸣吠雪霁。

遥望广寒宫楼，踏歌千径白，云重天咫。
乘兴访贫惊复见，无尽浪波欣喜。
旺灶炉温，窗红墙绘，已是春风意。
乾坤同气，唤回家院祥祉。

念奴娇·江山秋色

江山芳蕙，正仲秋、凝韵岭川香漫。
烟笼云奇，仙子寄、溪水飞瀑如练。
白龙鸳鸯，瑰丽洞府，钟乳千姿展。
钓鱼仙娥，碧潭莹沁水涧。

最喜峡谷曲幽，素蝶灵动舞，清泉珠串。
亭榭仁足，云深处、参访古栈茶院。
秦岭醉美，尽在商洛中，墨涂山染。
畅游不虚，悠然时泰留恋。

念奴娇·煤海情深

一袭窑衣，战煤海，屈躯三尺井底。
放炮擢煤，打支柱，乌金浸透汗滴。
采掘光亮，脸黑齿白，世上谁人比？
顶天立地，凝成英雄豪气。

此景不见经年，我辈未敢忘，固常如始。
青春易逝，巷道间，头顶矿灯抒意。
而今矿山，智慧赋新能，物换星移。
科技引领，明朝更胜今夕。

念奴娇·端午咏怀

咏怀屈子，插香艾，一杯蒲酒遥祭。
《天问》《九歌》忧世间，汨罗江水长泣。
壮怀激烈，荆楚沉雪，千古英魂系。
《离骚》诗荡，韵味隽永《楚辞》。

清风吟诵思忆，路漫漫兮，上下求索志。
龙舟竞渡秭归里，角粽浸香缠丝。
故国神游，节逢端阳，踏歌浴兰时。
今非昔比，华夏兴盛承启。

念奴娇·悼念袁隆平

万里河山，忽惊雷风雨，草木悲泣。
恩泽浃浃济万民，常闻稻花香里。
禾下乘凉，覆盖全球，苍生有福气。
平端饭碗，遂了国士心意。

辛勤稼作田间，垄耕挥汗，不畏寒暑日。
一盏孤灯两梦觉，未改初衷宏志。
九旬身躯，新穗杂引，科研高产系。
心为粒米，功德神农在世。

念奴娇·国庆抒怀

万里江山，澄碧天，彩云飞扬如画。
红旗飘飘，国庆节，华诞七十二载。
盛世民安，共同富裕，领航新时代。
丹青史册，党恩担当情怀。

激情放声歌颂，锦绣华夏美，流光溢彩。
漫步月宫，仙娥问，龙舟飞船神来。
扫尽新冠，疫情能作何？九州安泰。
感我华夏，复兴大道乐哉。

南乡子·塞柳

风疏吹沙丘，
沟畔成排塞上柳。
刀削头梳如箭镞，云浮。
寂寞寒霜几叶秋。

残雪翠光收，
缕缕枝条舞轻柔。
树下赶羊边地跑，悠悠。
致富勤劳竞风流。

破阵子·蒹葭

瘦水涟漪萧瑟，
秋风摇曳轻荡。
寂寞平湖烟雾扬，
缥缈蒹葭苍色茫。
蒲草身自强。

放眼万山红叶，
繁华凋零清凉。
岁月缤纷千幅画，
淡看飞蓬正夕阳。
寸心天地长。

破阵子·暮秋

目极天边云水，
烟波跌宕龙伏。
秋雨连绵迟未归，
落叶离愁纷作舞。
归鸿又一度。

把酒笑颜沉醉，
推杯欢语新熟。
翻卷旧时情谊随，
奈向光阴鬓已暮。
谁家笛声孤？

菩萨蛮·秋雨冷

肃肃金风秋雨冷，
木叶飞落空山静。
秦岭苍莽莽，
渭水激流长。

烟雨笼南山，
淡菊遍长安。
栖鸦绕鸿桥，
寂寞塬上草。

七律·谷雨

杜鹃夜啼谷雨时，桃花水祛落英稀。
黛色斑斓山涧绿，窗含杨柳尽归依。
一壶芳茗品人意，笑看蜂须蕊粉飞。
家燕成双绕堂戏，云端玉落尺书归。

七律·郁金香

泾河水暖郁金香，典雅华贵视群芳。
赤橙黄绿青蓝紫，百色满园霓虹裳。
兰陵甘醇沁心房，花作玉盏盛春光。
蝴蝶沾粉蜂采蜜，痴醉学如诗人狂。

七律·惠风细雨①

细雨和风四月间，丝丝润物醉前川。
醇榆碧翠颐萦绕，柳叶斜斜俏影纤。
紫燕双飞掠波澜，镜平不漾绮情缘。
祥云生瑞纳康福，诗意翩然跃纸田。

七律·夏蝶

暮闻绿洲百卉香，朝盈沙海沁瑶光。
云游天地清风赋，缀饮琼珠抚艳芳。
生如夏花澄漠上，情比梁祝万年长。
蒹葭夕照神姿美，玉宇灵明彩蝶翔。

---

① 2019 年 4 月 27 日有感于"一带一路"高峰论坛胜利举办。

七律·闲鸭

暑日追凉池塘边，晨曦微芒荷花艳。
清风透爽徐徐来，静坐柳下惊高蝉。
镜湖涟漪双鸭见，觅食野趣并头肩。
踏起波澜逐苇草，不是鸳鸯戏水仙。

七律·沙海古渡

瀚海冲浪百舟竞，驼马奔腾平沙行。
古渡河干船自在，车骑齐向猎苍鹰。
暮云起处烟缥缈，箭雨疏风润玉莹。
倏转夕阳斜日静，南归鸿雁传衷情。

七律·蜡梅迎新年

一树蜡梅迎新年，满园暗香沁心田。
阳和起蛰催春生，青木又绿枯枝间。
杨柳识得风拂面，丝絮轻舞姿态纤。
玉犬除岁月如歌，金猪呈祥报平安。

七律·立秋感怀

细雨蒙蒙迎秋日，气爽习习凉风至。
荷塘波动残叶摇，闲鸭逐水池中戏。
菡萏花开春会意，落叶知秋交替时。
寒来暑往万物惊，转眼轮回已四季。

七律·出伏

风紧雨密到天明，日出东方万里晴。
三伏骄阳悄悄过，秋高气爽虫蝉鸣。
彩云飞扬天色青，碧水池塘惹疏影。
白鹅凫水对对戏，柳叶落黄诉衷情。

七律·槐花香

月高辉映槐花香，连线视频告亲娘。
银汉遥知游子意，扯来云影作霓裳。
空庭幽静夜苍茫，独听蛙鸣坐荷塘。
玉碗冰寒举杯饮，酒红难掩孝思长。

七律·麦黄细雨

微风吹皱小满来，细雨飘飞落锦怀。
霓虹洒辉耀宇宫，红尘不度染尘埃。
喜见垄上金色麦，乐听算黄催收快。
故园东望夏日升，双燕情归榴花开。

七律·中秋月圆

嫦娥奔月恋人间，回眸凡尘悔做仙。
牵手后羿传佳话，今生往事已如烟。
玉兔东升圆如盘，吴刚伐桂数千年。
云遮雾罩缥缈去，宇空皎白星河灿。

七律 · 魏墙

曲水芦河抱魏墙，红肥绿瘦百花香。
清风逸气雨晴霁，樱蕊梨英蝶恋芳。
井架连廊乌金涌，矿工闲适意飞扬。
坐中君子徒知老，酒酽面红更着狂。

七律 · 咏月季

花开四季春常在，接叶连枝斗绿苔。
曾与牡丹戏蝶影，又陪芍药夏风来。
历阶菊杞芳菲尽，晓卧梅仙雪里栽。
纵使全身长满刺，风流坦荡月平开。

七律·青木川

金溪河畔青木川，恰似卧龙落人间。
翠屋黛瓦云来楼，斑斓如画醉幽烟。
鸡鸣三省避世远，羌汉和同凝经年。
飞凤桥上春来早，老街荣盛焕新颜。

七律·诸葛怀古

诸葛神明千古扬，生身终是为汉皇。
出师定下安邦记，七出心瘁力已荒。
扶起阿斗品高尚，三分伐魏再北上。
明知不可偏作为，死而后已成绝唱。

七律·华阳

华阳古镇傥骆道，青山作屏酉水绕。
莽岭翠竹茱萸红，天高云淡雾缥缈。
福地为盆育四宝，猴子多来熊猫少。
羚牛龙吟朱鹮舞，景致和颐风光好。

七绝·秦巴美

满目青山空念远，秦巴茶扬层林染。
已是秋色风光美，风流何必回长安。

七绝·太白云烟

秋来玉宇澄江仙，云聚太白生紫烟。
依栏怀柔东来气，遥寄天地处处欢。

七绝·雪景

最爱雪景韵京城，一片精灵乐趣成。
高洁清静天地安，红墙素瓦入仙境。

七绝·咏梅

傲骨凌寒夜飘香，银月半开玉增光。
将心安若梦中留，一路向暖待春阳。

七绝·冬至

其一
阴极始见天地心，履霜方觉坚冰至。
数九寒风欲无几，飘雪弄梅春有期。

其二
剥极复现一阳生，蚯蚓结处万物空。
素心柔静安天地，厚积薄发待春涌。

沁园春·南泥湾

碧空蓝天，稻花香飘，陕北江南。
见党徽耀目，星光灿烂；英雄基祚，普照高原。
苍莽山峦，青秧欲滴，淡抹浓妆南泥湾。
纵身望，看老区如画，红旗漫卷。

抗日烽火硝烟，忆往昔军民大生产。
倡自己动手，丰衣足食；艰苦朴素，薪火相传。
精神常存，三五九旅，永远传承在世间。
新时代，庆建党伟业，九九华年。

沁园春·问黄鹤

江水流急，三镇风紧，庚子武汉。
正迎新除岁，河汉皎皎；举国同庆，合家团圆。
藗落瘟神，新阴肺疫，肆虐邪魔生死间。
叶枝离，惜孤城困愁，天公无眼。

封城共渡时艰。钟南山、火雷齐克顽。
更大爱无言，白衣天使，八方驰援抗斗新冠。
政令家居，相守平安，万众千户齐参战。
黄鹤去，付春水江上，丽日青天。

沁园春·武当山

祥瑞清秋，紫光万里，太岳尽游。
望天柱笋天，蹬顶金殿；雄台奇秀，曲水飞流。
碧瓦皇宫，仙山福地，亘古无双道风骨。
瞻圣境，悟心性真谛，真武勤修。

悬阁玉宇琼楼，云烟过，疑似仙影浮。
喜绿水青山，信步逍遥；鹤舞鸟啼，翠蕤风幽。
原宿隐院，清辉晨曦，安立静坐空灵候。
感今朝，健康养生，自然适悠。

沁园春·黎坪①

山水黎坪，天藏珍馐，地博物厚。

叹中华龙山，奇纹鳞显；溶岩蚀透，亘古神游。

薄雾烟笼，溪流谷底，万木齐参群山幽。

泉珠落，看瀑飞如肌，一潭收覆。

叠嶂回旋西流，枫如火半壁影含羞。

洗面净心潭，风华不老；枫红有意，余生何求？

红尘波寒，仙去无语，剑起削壁天书留。

已清秋，任天高鸟飞，花黄人瘦。

---

① 时在 2018 年 10 月 5 日，于汉中黎坪国家森林公园，感动于山景水景之美、中华龙山之奇。

沁园春·十四运礼赞

八月灿烂，秋高气爽，全运雄风。

看浐灞河畔，灯光水秀；绿荫曲柳，菊花满城。

奥体暮烟，云开散雾，唱一曲盛世豪情。

不眠夜，星月聚苍穹，辉洒秦岭。

健儿昂首阔行，道不尽开幕式盛景。

炎黄周汉唐，纠纠秦声；红船一艘，宝塔近影。

翻天覆地，致富共同，九州跨进时代梦。

正当时，看火炬传递，走向复兴。

沁园春·缅怀毛泽东

日出韶峰，天翻地覆，大道金光。
集马列真悟，传颂寰宇；举五星镰斧，人民共商。
立党为公，全心全意，精神常存万众仰。
记华章，掌上千秋史，主义思想。

伟哉粪土侯王，华夏立，红旗卷新装。
携江山文字，赤色日月，万千旗帜红，四射光芒。
织革命豪情，神舟侧畔，丹心与共更激扬。
忆今古，绘中华美景，乾坤流芳。

沁园春·霜降咏叹

最爱千枫，浅深红密，赤峰荡扬。

恰翠岚雨润，烟迷烈炽；秋声余韵，露雪凝霜。

远影云飞岩松下，层林尽、胜如春日光。

南雁归，令长空眷恋，一径苍凉。

伫足碧波池塘，已落叶满地，安忍回望。

纵草荆枯萎，西风降寒；篱疏菊绽，满目金黄。

秋暮相宜霜降至，百令残，犹有梅自香。

谁唱晚，有应冬浊酒，三杯醇香！

鹊桥仙·初伏

骄阳酷暑，蝉鸣高树，
热浪袭来入伏。
层林依翠绿终南，
最惬意、纳凉佳处。

停车凝目，远山生雾，
蓝天白云卷舒。
恰似霓裳苍龙翔，
朵朵飞、一时竞渡。

鹊桥仙·七夕

鹊桥仙子，双星隽耀，
相聚银河永续。
空寒月殿夜帷中，
良辰美景歌一曲。

葡萄架下，蛩鸣花谢，
窗外秋风低语。
情浓半醉似蓬仙，
虚妄间、水山秀殊。

鹊桥仙·七夕有感

佳期又至，鹊桥渡仙，
相爱天河人间。
良辰美景意绵延，
望银汉，月宫清晏。

蛩鸣花下，箫声何在？
不见倩人轻叹。
今人偷学乞巧会，
重置酒，举杯同欢。

鹊桥仙·飞雪

玉宫垂幕，寒灯影簌，
怎奈朔风浸透。
凡尘素野望西楼，
梅枝俏、雪香蝶舞。

漫天飞絮，凌花舒袖，
飘如瑶台锦羽。
傲然九曲凝冰心，
千般媚、韶华不负。

青玉案·漠上春雨

连绵春雨贵如油。
尘沙伏、翰海幽。
漠上榆柳俏枝头。
半露晴日，新风凝雾，
天公重抖擞。

笑看江南芳菲尽，
我自花开清明后。
凤笛吹尽毛乌素。
畅游美景，绿染明珠，
彩蝶人间秀。

青玉案·塞上初夏

当空皓月星辰渡。
喜小满，和风入。
翠柳疏烟榆枣树。
蛙鸣荷动，香萦塘浦，
飞絮婆娑舞。

塞关千里毛乌素，
黄沙伏波碧林覆。
落日长河弥远古。
华亭凝伫，悠然歌赋，
天近云生处。

青玉案·塞上柳

独干成荫塞前柳。
翠条发、华冠首。
星雨浅微初夏候。
絮飞凝锦，熏风冲斗，
大漠精灵守。

玉婷绦笃柔枝秀，
丝语芊芊缕金绺。
窗外幽香春忆旧。
对酌邀月，黄沙舞袖，
举步同君酒。

清平乐·白露

白露霜寒，
晨风侵衣衫。
一声雁鸣空中看，
携来彩云相伴。

远眺塞外秋光，
映照金沙如浪。
待到南归更远，
谁说百草苍凉？

清平乐·长城

莽莽金山，
巨龙岭上盘。
钢墙铁壁筑雄关，
护佑苍生千年。

乱云飞渡长城，
夕照英雄图腾。
而今中华崛起，
人类一体共同。

清平乐·红旗颂

东方红遍，
仰望五星灿。
祖国七十二华诞，
喜看壮丽河山。

长城盘旋飞龙，
蜿蜒大河奔腾。
古老大地锦绣，
中华繁荣昌盛。

青门引·阿姑泉牡丹

姑山新泉清，
牡丹花开微醒。
天姿国色百年盈，
紫斑太白，
盖世神韵惊。

则天已负流芳名，
终南遗卿影。
雍容富贵平生，
春风恣意恋仙庭。

千秋岁·塞上春序

鸟啁窗外，春暖熏风爱。
残雪乱，薇芜递。
枯枝含翠浅，新柳垂丝带。
君不见，漠原晴日驼城泰。

蜗寄榆溪兮，凤骨初心在。
飘零处，年华改。
寂居沽酒盏，对酌微信拜。
冬去也，东风化雨花成海。

秋波媚·秋登南五台

阡陌霜菊阵香来，
秋上南五台。
凭高赏目，层峦红透，
浓染重彩。

云深缥缈潜君怀，
山径古刹开。
远光近岭，烟岚空寂，
仙道犹在。

秋波媚·木塔鹤影

时驾闲云碧空游，
常伴瑞松寿。
湖石独立，木塔仙影，
道骨风流。

珠玑洁羽乘风去，
鸣唱素身修。
清池垂目，残荷当舞，
映照孤秋。

将进酒·千里雪

君不见，莽原万里眼底来，丹藏银蛇峰峦宁。
君不见，云收塞上千里雪，朔风凌寒百丈冰。
原驰蜡象风光美，常叫文人情思凝。
信天游唱《东方红》，湾畔梁间绕余音。
沟茅沙蒿迎客柳，驱车逐梦高原行。
瞻山岳，赏雪景，追风电，奔驼城。

歌酒怅作侣，君劝豪饮杯未停。
西凤芦河不足惧，烹羊宰牛只为情。
自古塞边多侠义，雄霸娇美留其名。
醉梦枕月参北斗，向窗巡视满天星。
尝对圣贤将进酒，一饮三百同销愁。
忆往昔，今又赋，风雅唱颂雪夜幽，
六羽齐舞傲三友。

第四辑

DISIJI

如梦令·守岁

相守欢庆不睡，
斗转星移夜微。
饺子与水酒，
胜过平生美味。
今醉，今醉，
醒来牛年新岁。

如梦令·元日

爆竹声中辞旧，
楹联映红门首。
张灯又结彩，
万象更新九州。
金牛，金牛，
今日已是辛丑。

如梦令·牛赞

俯首天地心甘，
奋蹄拓荒维艰。
负重不言苦，
深耕细作福田。
扬鞭，扬鞭，
埋头躬行依然。

如梦令·春节

新桃又换旧符，
福气瑞佑村户。
万象绽春趣，
合家团圆欢度。
祥伏，祥伏，
康健平安常驻。

如梦令·应春

玉兰迎风绽放，
冰清如肌清香。
俏立独傲娇，
玲珑剔透霓裳。
无量，无量，
尽享早春阳光。

如梦令·春山

晴日出城踏青，
风起梨花雪英。
望向春山里，
千峰青黛绿岭。
随去，随去，
牧童短笛胜境。

如梦令·春鸟

柳下穿帘飞度，
掠波惊池鱼伏。
莺啼啭无人，
雀步踏枝羽梳。
凝伫，凝伫，
已是芳菲兰路。

如梦令·春水舞

岸柳长垂轻触，
一时惊起水幕。
高扬低伏去，
左盘右旋荡渡。
如舞，如舞，
春雨无声润物。

如梦令·春雨

一夜东风化雨，
晨曦园中鸟语。
轻卷柳下雾，
满目尽是嫩绿。
春曲，春曲，
慰藉芳心几许。

如梦令·屋前樱桃生翠

屋前樱桃生翠，
锦团绣簇华贵。
堪比桃李荣，
掩映一潭春水。
相忆，相忆，
诗情花语梦里。

如梦令·樱花吟

姿压桃红杏瘦，
绿云珠肌羽柔。
琼华共雅俗，
吟咏平章意厚。
记否，记否，
樱落如雨回眸。

如梦令·樱花落

樱红纷落如雨，
杨柳清风飞絮。
春归何处去？
山寺桃李新绿。
春住，春住，
庭前筑巢燕语。

如梦令·夏雨

暮雨朝风花秀，
云雾地天游守。
瞭望远楼浮，
顿觉微凉轻叩。
润透，润透，
滴落水珠抚柳。

如梦令·夏雨初晴

细雨连绵甘露，
风霁初晴云舞。
引得摄影人，
直向南山目注。
晒图，晒图，
苍翠湛蓝夏驻。

如梦令·睡莲

昨夜枕风入睡，
平旦熹微出水。
静待蛙歌齐，
却引鱼衔生翠。
娇美，娇美，
浅卧伏波池醉。

如梦令·茶山雨烟

晨起风生雨烟，
嫩芽玉露轻沾。
半亩新茶园，
引来百媚娇芊。
舒卷，舒卷，
云浸雾漫前川。

如梦令·月咏

玉盘高悬苍穹，
繁花似锦香浓。
问讯桂宫人，
恰逢残酒入梦。
吟咏，吟咏，
最美灿烂星空。

如梦令·永阳晨景

画鸟细语呢喃，
湖光旖旎缱绻。
和风拂柳岸，
天朗地清花燃。
欣然，欣然，
梵音浸润心田。

如梦令·雨凉花惊

四月雨凉花惊，
相伴烟云踏青。
闻香新醅醇，
醉饮绿蚁月亭。
柔情，柔情，
填词作赋心宁。

如梦令·人间四月天

绿肥红瘦秾艳，
一阕清词唱传。
正是四月天，
风和景明人间。
春燃，春燃，
绽放生机无限。

如梦令·油菜花

金甲铺满大地，
春宴芳菲扑鼻。
赏花畦町间，
草长菜绿新泥。
飞逝，飞逝，
远山近影风起。

如梦令·春向江汉

春向江汉深处，
满目黄灿花语。
沁肺香风来，
笑引蜂蝶戏舞。
沉醉，沉醉，
霞光染满碧树。

如梦令·荷塘晨色

亭亭荷莲并蒂，
对对鸳鸯相戏。
浮萍聚绿水，
菱叶萦波仙子。
玉立，玉立，
朝露映照霞衣。

如梦令·莲语

清风吹落玉露，
远香轻飘深处。
鱼戏花间水，
蛙坐莲叶常住。
且度，且度，
心似菩提无树。

如梦令·戏莲

蝉鸣柳涤噪空，
蛙鼓鱼戏莲动。
灼华蜂蝶舞，
碧叶不语熏风。
如梦，如梦，
了悟莲心花琼。

如梦令·长安秋雨

秋雨连绵云寒，
落叶飘零风残。
冷却花渐瘦，
天水密洒长安。
何堪，何堪，
且待阳转晴暖。

如梦令·榆溪残雪

风寒薄冰雪雅，
幽冬远离繁华。
揉碎清辉静，
浩天空落枝丫。
琼花，琼花，
诗心只作蒹葭。

如梦令·蜡梅四首

其一

暗香曲径通幽，
蜡黄金枝寒透。
凛冬惹人叹，
花自绽妍魁首。
三九，三九，
身似玉脂形瘦。

其二

数九冬梅松竹，
小院虬枝傲骨。
怀友向岁寒，

风来沁香暗浮。
可否，可否，
只与雪花倾诉。

其三
月瘦疏影干枝，
岸柳飘柔尘起。
只道梅开早，
风骨盈袖玉肌。
腊日，腊日，
可消八宝粥意。

其四
腊八偏遇大寒，
僧粥几可度缘。
园角新梅开，
胜过花红万千。
独占，独占，
别样风姿无限。

如梦令·皎月

夜深星河璀璨，
黛色幽静山峦。
皎月溢清辉，
闲坐烹茗听蝉。
声远，声远，
了无挂碍谁嫌？

如梦令·白云

白云如驹天际，
无根缥缈万里。
轻风生飞絮，
心井随波逐起。
无迹，无迹，
清秋不染尘意。

如梦令·白云深处

行至白云深处，
青山绿水浴沐。
万象映苍翠，
天地静怡目睹。
飞渡，飞渡，
光阴无语如初。

如梦令·月亮洞

其一

秋雨惊动天幕，
仙子牵起云雾。
神奇月亮洞，
后羿嫦娥会处。
奇秀，奇秀，
翠岚烟笼满目。

其二

苍翠峭拔峡谷，
烟雨缭绕香雾。
仙洞奇险幽，

形胜偃月壁伏。
目睹，目睹，
秋色旖旎山麓。

其三
山奇水美交融，
月亮洞天九重。
钟乳神姿容，
蛟龙游离迷宫。
如梦，如梦，
神侣情深传颂。

如梦令·戴河风流

云蒸霞蔚日出，
波澜起伏海鸥。
端坐享晨曦，
浪淘戴河沙路。
空悟，空悟，
笑度平生风流。

如梦令·离殇

清明未雨凄凉，
泪沾腮颊湿裳。
叩首高山上，
遥拜三炷清香。
离殇，离殇，
家祭君亲不忘。

如梦令·风流

春光明媚花秀，
画堂屋前燕舞。
三星斜月修，
静坐心空风流。
风流，风流，
作诗颂经吟赋。

如梦令·浪淘平沙

浪淘平沙山远，
潮汐奔腾银滩。
大海变桑田，
风起青天云卷。
波澜，波澜，
蓦起惊涛拍岸。

如梦令·青岛安祥

晨起青岛海疆，
晴空碧水汪洋。
朝霞披金光，
风卷礁石波浪。
如窗，如窗，
远眺滩湾安祥。

如梦令·夜游西湖

明月晚亭湖静，
岸柳荷风倒影。
信步白沙堤，
素伞青云相映。
美景，美景，
桥断仙缘长咏。

如梦令·登宝石山

宝石流霞山瘦，
林茂虫鸣竹秀。
烟雨沁西湖，
瞩目白堤玉绣。
依旧，依旧，
抱朴丹书仙留。

如梦令·神雕侠侣

神雕侠侣恩仇，
忠奸是非常有。
问情为何物？
生死相许守候。
相守，相守，
患难与共道友。

如梦令·悼金庸

五岳凭祭不语，
刀剑光黯尽伏。
降露慰侠心，
觅度泰斗归路。
仙去，仙去，
光照江湖穆裕。

如梦令·天龙八部

尝寄天龙八部，
段誉、乔峰、虚竹。
怨尽顿觉悟，
心嗔道化皈佛。
惊度，惊度，
悲喜江湖人物。

阮郎归·戊戌立夏

绿柳垂帘映紫阳，蛙立荷池塘。
蔷薇花醉溢美香，蜂蝶恋花忙。
烹茶茗，温酒扬，开轩轻推窗。
时序轮转日又长，风云初激荡。

阮郎归·塞上仲夏

千里平沙日高悬，流霞裁絮边。
蒿草葳蕤溪水欢，塞上似江南。
微风过，天蔚蓝，绿叶惊高蝉。
熏风入窗频湿衫，身静自然干。

水调歌头·清凉寺

九龙腾空舞，八水曲溪流。
瑶台岩窟，峭壁斜插伏灵丘。
紫气飘香云际，仙乐依稀风解，
百丈圣泉收。
感知清凉地，兴废几多愁？

瀑悬处，龙眼泪，佛祖佑。
极天迥望峰起，鹏化远山幽。
疑似梦中蓬岛，尝阅沧桑无数，
尘雾近悠悠。
路倚徒千里，了悟性心修。

水调歌头·烟雨秦岭

烟雨笼秦岭，云卷雾弥漫。
任凭风起苍岚，秋色绣江天。
千峰竞秀南北，一龙横亘西东，
长虹贯终南。
百峪似仙境，逐梦向蓝关。

越险峰，涉河洛，望奇观。
闲云俗事，车骑已过万重山。
不遇仙翁乘鹤，唯有四皓隐迹，
清气满商山。
寂寞灵修处，俯仰乾坤间。

水调歌头·国庆抒怀

祥瑞覆万里，华夏披盛装。
普天同庆共济，豪情壮志强。
万众歌唱祖国，七十华诞欢颂，
风卷红旗扬。
党恩惠民生，伟业创辉煌。

舞翩跹，花似海，秋高爽。
看巨龙腾飞起，屹立新东方。
推进"一带一路"，世界发展同裕，
五洲最兴旺。
初心鼓士气，圆梦谱新章。

水调歌头·登镇北台

虎踞镇北台，龙跃红石山。
一览塞上风光，雄旷博望眼。
千里金沙绿洲，云倚长城轻绕，
蜿蜒到海边。
福瑞聚宝地，泽被与蒙汉。

梦征尘，赋风流，临古关。
铁壁要塞虽在，镰斧化刀剑。
掘来乌金神火，采发油气风电，
百业齐向前。
豪情驼城美，富强百姓欢。

苏幕遮·春曲

惠风娇，花满路，
律动春曲，繁李缤纷树。
朵朵玉兰凝注目，
岸柳丝垂，水榭轻烟驻。

纸鸢飞，惊梦舞。
庚子毒疾，二月才出户。
景胜对吟竹为赋，
叶绿嫩芽，心点无拾处。

苏幕遮·春燕

筑泥巢，枝柳剪，
羽墨缁衣，衔草春初见。
锦绣满庭烟色暖，
风轻声喧，尽道堂前燕。

语呢喃，归旅远。
永结同心，千里怀乡恋。
入户双飞云锦灿，
芳草争华，清咏斜晖晚。

苏幕遮·丰收节

昼夜平，秋分到，
苞米穗实，雨顺又风调。
喜看稻谷丰年兆，
虫鸣蛙跳，远山翠烟绕。

采红菱，桂香飘。
莲藕荷韵，蟹肥菊花笑。
鸿雁南飞任天高，
秋收正忙，幸福生活好。

苏幕遮·秋雨吟

雨连绵，云旖旎，
秋意乘时，残叶飘零地。
惊起晨雾烟似羽，
窗敲梦醒，化作泪相思。

鸟儿栖，花色萎。
篱草承水，玉露珠帘坠。
夜静星寒天幕空，
繁枯承序，暖冷相交替。

苏幕遮·高原蓝

高原蓝，白絮飘，
碧水东流，翠染群山峁。
绿映坡头黄土道，
芳草连波，不唱西风调。

柳叶飞，蝉声噪。
车经峡谷，俯仰苍穹遥。
静观云朵如羽俏，
清风澄澈，空净无尘扰。

诉衷情·处暑

雨迎处暑七月中，
天高任金风。
悠然南山云绕，
日朗薄雾腾。

深树间，绿草坪，鸟儿鸣。
一池荷香，莲子半成，
叶下秋声。

诉衷情·涧水流

数声蛩鸣山色幽，
疏影引蝶游。
涓涓溪水汇聚去，
清泉汩汩流。

涧水欢，瀑布秀，苍苔悠。
万点飞花，水汽盈目，
洗尽秋愁。

塞鸿秋·七夕叹

鹊桥相会天地感，
相思泪流千年叹。
拨云见月星河灿，
良宵一度离情难。

七惜皆是缘，
葡萄架下仙。
牛郎织女在尘凡。

塞鸿秋·长安初秋

骋目远眺终南山，
骤雨迷蒙起苍烟。
落日红透彩云间，
月弯晴空星河灿。

夏凉觉夜短，
一梦到长安。
晨钟敲开初秋天。

塞鸿秋·初秋荷韵

莲卷荷盖露珠沾，
铺平绿塘落玉盘。
尽享春夏风雨间，
亭亭玉立茎叶纤。

凝碧花鲜艳，
蕊香蓬似碗。
怅望秋水共长天。

塞鸿秋·魏墙如苑

山横一画亘古传，
巨龙腾起长城边。
机器欢唱芦河畔，
乌金流动廊桥连。

黛堤翠如练，
林下如意苑。
尽道瑶池是此间。

山花子·月亮奇观^①

阴阳圆缺粉红柔，
夜色阑珊照高楼。
一扫清辉云影过，
似水流。

白驹过隙天风飚，
自然奇观惹人愁。
月影侵窗三丈高，
梦中游。

---

① 2021 年 5 月 26 日夜降奇观，同时出现超级大月亮、红月亮和月全食。

山花子·大漠晨光

一抹晨曦轻抚窗，
朵朵彩云蓝天上。
又见大漠百花妍，
兆吉祥。

相期夜半赏月光，
壮志豪情问苍茫。
白发云鬓几许愿？
少年狂。

双雁儿·除夕

运交庚子悦享天。
两头春，双闰年。
七秩伟业华夏灿，
再出征，开纪元。

忽闻衰疫起波澜，
战瘟神，挺武汉。
今夕过后更强健。
愿新年，胜旧年。

水龙吟 · 古观音禅寺千年银杏

千年仙树银杏，
长安古观音禅寺。
铁干冠顶，虬枝龙鹤，
仙风神姿。
御树君栽，神泉润济，
叶齐圣意。
度秋风飘落，沧桑无语，
金黄醉、色空异。

雁落秦楼未已，
断鸿鸣、无需南徙。
栖心书经，晨钟暮鼓，
甘为佛子。
不恋浮尘，层林清逸，
福褆桑梓。
如红尘蝶趣，
寿仙风骨，道天维地。

赏南枝·庚子暮冬

冰封千里地，
更数九寒彻，朔风南挥。
飞雪拥蓝关，
凌空舞、终南清雅素姿。
涧水遏，珠露滴。
竟如此、晶莹透剔。
恰好似、玉柱百尺，龙宫杵状指。

元日寒潮来袭，
松梅竹景，相三友贵知。
傲骨凛正气，
隆冬里、纵使天冷霜威。
驱病毒、庚子疫。
尚未休、防治有时。
度流年、向春华许，赋乾坤祥瑞。

天净沙·惊春

万物蛰起生长，
枯树焕绿枝朗，
新花初绽暗香。
乍现春光，
云开雾散呈祥。

天净沙·孤鹤

朝阳孤鹤长歌，
白云平水残荷，
小立清池凌波。
羽振六翮，
唱鸣谁与声和？

天净沙·长安春雪

春俏初降淡雅，
梦柳残冰寒鸭，
彩鸿当运高挂。
夜雪袭下，
闲看长安飞花。

天净沙·莫干雪芽

庭院碧树芳华，
翠屏溪水山涯，
莫干匡庐雪芽。
春雪籁下，
故作江南飞花。

天净沙·春曲

岸柳桃盈绿堤，
锦羽花影蜂戏，
春水润泽湖溢。
万物复始，
谁能与共争奇？

天净沙·谷雨

芳华渐落消红，
翠柳丝柔绿浓，
薄雾烟笼长空。
细雨轻风，
万物百谷巽生。

天净沙·春华

碧水蓝天无涯，
桃红柳绿春花，
凌霄微行步雅。
一盏清茶，
笑品半生浮华。

天净沙·终南春色

南望秦岭迷离，
田野春光旖旎，
屋前双燕衔泥。
东风不语，
千山欲燃翠滴。

天净沙·白玉兰

凝脂素裹金玉,
新光娇娥佩绿,
一袭带水出浴。
凡尘辛夷,
情到浓时花雨。

天净沙·红杏

红杏依墙探春,
素朵清雅唯醇,
苍苔绿痕草蕴。
万物初茵,
梦里尝吟诗韵。

天净沙·望春风

风寒料峭花愁，
燕衔新柳枝柔，
碧翠冰潭半透。
柠条紫红，
恰来春水东流。

天净沙·崂山清夏

碧海无垠远帆，
金沙明霞近滩，
翠峰叠嶂层峦。
入水鳌山，
半湾祥云画扇。

天净沙·茶烟扬晓

春山绿树新芽，
风卷清雾碧纱，
雨寒谷水露华。
茶烟扬空，
一壶香茗半夏。

天净沙·榆溪细雨

半垂杨柳依依，
水烟溪上漪漪，
细雨沾花沥滴。
漫流鱼戏，
钓翁池畔闲嬉。

天净沙·大漠初夏

雨过云卷平沙，
絮飞沙柳甜瓜，
紫柠榆杨芍花。
漠上初夏，
落雁孤影南下。

天净沙·夏日雅荷

其一
映日池塘清夏，
绿影红艳荷花，
含苞吐萼锦华。
几许淡雅，
瘦水泼墨如画。

其二
晨光旖旎微澜，
含笑出水玉莲，
一枝独立擎天。
华盖如伞，
佳气清濯心田。

天净沙·巴拉素仲夏

瀚海澄澈仲夏，
垂杨倒柳平沙，
祥云环抱井塔。
沸腾矿区，
巴拉素迎新霞。

天净沙·夏夜

风追云朵月恋，
凉生漠上夜阑，
霓虹闪烁矿山。
红尘无梦，
但使衾枕君安。

天净沙·冬至

河闭湖封冰花，
蓑草疏枝雪下，
冬至数九凝华。
饺子汤圆，
杯酒驱寒长话。

天净沙·智山慧水

镜湖冬云寒霞，
鬼谷岭峰影下，
石板清泉流峡。
智山慧水，
白苇碧竹冰花。

天净沙·夕霞

长街斜落夕霞，
余晖映红宝塔，
春静人安居家。
东风轻抚，
柳影玉绦纤发。

天净沙·雪霁湖静

雪霁湖静水寒，
傲梅琼枝蜡染，
香浸冰淬云烟。
柳屏银帘，
人在画中千般。

天净沙·冬月

半塘倒影如画，
满墙灯光秀华，
寒月竹前高挂。
傲枝梅花，
不负三九冬下。

天净沙·晨露

玉露晶莹剔透，
甘霖醇美豆蔻，
青草沾花颜羞。
旭日阳生，
风凉惊秋水瘦。

天净沙·如月

一轮明月天涯，
山色清艳影斜，
蝉鸣路边树丫。
画角尾草，
淡烟轻缠葵花。

天净沙·胡杨

风清气和天朗，
水镜倒影湖光，
大漠秋色金黄。
千年胡杨，
生灭不朽沧桑。

第五辑

DIWUJI

太常引·秋风

赤橙黄绿青蓝紫，
秋风调色齐。
浓彩总相宜。
华夏美、山河壮丽。

梳柳枝飞，金木无声，
一叶知天地。
河塘起涟漪。
平波碎、却是鱼戏。

太常引·秋雁

一行雁阵掠秋过，
鸣唱远山坡。
长路留声波。
御风去、迢迢苦多。

层林望断，栖园嘉谷，
南渡忆秦娥。
寒月向天河。
飞鸿寄、澄心裕和。

太常引·秋叶

秋风萧瑟露华浓，
霜叶映山红。
寒色雾云重。
雨凄戚、萍浮水中。

莲蓬枯草，梧桐孤影，
寂寞掩丹枫。
蒹苇苍零容。
逍遥觅、时逢景同。

太常引·秋湖

波光粼粼入画来，
山影共徘徊。
一束金黄开。
朝霞涌、镜湖呈彩。

蒹葭玉树，秋水长天，
鹤舞成对排。
静坐无挂碍。
暮回首、已是鬓白。

太常引·秋雨

云横渭水起烟波，
骤雨落山河。
凄风送寂寞。
无边愁、秋影婆娑。

梧桐珠滴，细数苔藓，
如丝青柳拂。
寒潭渡风荷。
自清高、饮露而歌。

太常引·秋云

天高远影掠大漠，
白云送秋色。
雅秀状娇娥。
苍穹下、轻卷烟波。

乘风飘去，朗空逸仙，
絮舞满山坡。
窗边裁云朵。
情不自、欢唱心乐。

太常引·秋菊

百花过后金菊黄，
风劲枝头香。
真性傲秋霜。
呈秀迟、却胜群芳。

悠然东篱，尘世肃穆，
千丝堕霞光。
犹自个颂唱、
吟一句、陶令诗章。

太常引·秋桂

疏影横斜月浅笑，
暗香秋风傲。
谁知星寂寥？
广寒宫、桂子仙照。

米黄圆蕊，翠盖树梢。
不与菊争俏。
露浓夜色好、
酒正醇、八风不倒。

太常引·中秋夜思

手捧桂酒问苍穹，
梦里入蟾宫。
秋雨夜深中。
月隐去、霓虹映空。

霜辉初照，排鸿盘绕，
枫叶色愈浓。
碧树经西风。
惟愿得、花飘两逢。

太常引·中秋

祖国华诞又中秋，
紫气满神州。
菊艳桂香幽。
乐园美、江山锦绣。

月圆逐梦，鸿基盛世，
龙跃立潮头。
庚子数风流。
东方红、直播五洲。

踏莎行·梅花沐雪

梅花沐雪，柔骨春暖。
银屑素裹枝头寒。
和风物语暗香淡，
百草苏萌珠蕊现。

泽润尘寰，冰心何愿？
绿湖烟柳花万千。
倚栏相寻迷望眼，
笑看松竹贵安然。

踏莎行·秋游瘦西湖

西园荷残，东篱菊秀。
长堤秋韵飘细柳。
白塔晴云凝红尘，
平湖镜水渡心舟。

钓台框景，金山藏幽。
万岁金钩成风流。
西湖水瘦千古颂，
梦圆华夏舞芳洲。

踏莎行·山寺清修

山中清幽，敬业礼佛。
紫衣素雅袈裟破。
晨钟暮鼓经板响，
青灯黄卷勤打坐。

殿下炉烟，随心飘绕。
禅意尽在空山落。
稽首岁月红尘远，
万千繁华落帘幕。

踏莎行·至相觅冬

细雨飘冬，终南雪拥。
求禅至相云如梦。
晶花醉酿草木情，
情醉虬枝玉树琼。

苍染须茎，觉点心灯。
入定岩前月下松。
阳润溪水空谷净，
曲水披雪俏玲珑。

205

殢人娇·玉华宫

故地重游，阵阵松涛轻鸣。
正晌午、轻飘华浓。
翠岚相倚，更此起彼倾。
极目处，恰应婆罗圣僧。

玉树风华，自成佛宗。
度山月，千年修梦。
西游飞雪，历万难谁懂？
诵般若、清净自在性空。

望海潮·少华山赋

雄险瑰丽，东依太岳，
俯瞰渭水泱泱。
层峦叠翠，群峰巍峨，
少华仙子茫苍。
飞龙乘云翔，
仰石门峭壁，悬泉百丈。
鹰嘴凌空，
碧波镜开连天光。

玻璃栈道回望，
恰潜龙在渊，槐柏呈祥。
绿林聚义，诗绝书留，
历史典故沧桑。
秋风卷碧璋，
松涛起崖间，游与兴长。
疏星淡月举樽，
云树皆轻狂。

望海潮·龙栖湖

碧波千顷，龙栖湖蔚，
云裳轻卷烟霞。
逐浪竞舟，凭栏骋目，
群峰叠翠清嘉。
桥峻向天涯，
万壑变通途，山堑无崖。
景胜沙堤，
鱼跃鹭起美如画。

庚子迎暑盛夏，
正蝉鸣柳枝，蛙戏荷花。
葳蕤草青，虫蛋叹咏，
绿禾滚浪丰华。
古柏自高峡，
虬角参苍穹，护佑邦家。
遥看长空赤帜，岁稔泰和夸。

望海潮·崂山晨光

碧海潮生，波光银辉，
绿树掩映朝霞。
半湾长桥，山绕云雾，
红楼叠翠如画。
巨石藏滩沙，
浪涛卷瑚礁，似锦飞花。
渔帆远影，
鸥翔阵鸣，水无涯。

自古修真教化，
闻童男玉女，徐福神话。
湖海有情，潮音悦耳，
悉听渔樵问答。
畅游崂山下，
寻觅宫洞府，观道清雅。
秦皇访药仙景，
原本百姓家。

望海潮·漠北秋雨

雨疏云密，金沙烟渺，
榆柠柳梢清霜。
蛰语不鸣，芳衰草色，
唯其枫红菊黄。
漠北尽沧桑，
水韵暗影企，无限风光。
轻车惊鸿，
不忍南渡雁凄凉。

千回长野搏放，
听风吟苦夜，若雨敲窗。
流年易逝，蹉跎岁老，
心底无过悠长。
蹒跚步趋方，
虚度光阴远，乐在清狂。
岁月何居承顺，独弄秋词凉。

望海潮·龙洲丹霞

塞上名胜，波浪如潮，
天开龙洲丹霞。
烁金赭练，彤云祥照，
纹理绣脉仙葩。
碧水绕山崖，
九宫映翠微，风惊栖鸦。
泽临福地，影荡壁立，嵯峨岈。

玉台古树琼花，
探幽径岖路，苇叶叠加。
雷公布雨，响彻谷底，
一线天缝佳话。
栈道连岩砂，
鬼斧又刀削，雄险奇峡。
海纳百川洪荒，瑰宝竞物华。

望梅花·风吹麦浪

风吹麦浪，
穗满摇曳齐荡。
碧野田畴黄金灿，
布谷飞来催唱。
夜半挥镰抢三夏，
只道芒种时忙。

晴日霞光，
犁地机耕垄上。
满目青山绿水间，
任由粉蝶恋芳。
湛蓝天空云朵飞，
吹入农家新庄。

望梅花·白鹿原畔

白鹿原畔，
夏风微起山峦。
远望去、澄澈麦浪翻。
秦岭岚烟，
子规掠过平畴间。
草木青翠绿源。

杏甘瓜甜，
闲坐话说丰年。
庭景胜、簌落惊飞燕。
细语呢喃，
布道终南门院里，
种得一亩心田。

望江南 · 镇北台暮秋

秋风老，
霜点木萧下。
镇北台前银杏黄，
千枝红透映云霞。
兼苇绘诗画。

霜降后，
鹤影向天涯。
遥寄空山平野阔，
坐观悠云落千家。
欣恒说年华。

五绝·永阳湖

湖静舟自横，
晨曦鸟凌空。
谁揽春光去，
荷立池塘中。

五绝·紫阁[①]

杨柳吐鹅黄，
紫阁呈祥光。
文章创作地，
秦岭千里疆。

---

① 2021年2月21日贺省能源作家协会创作地揭牌。

五绝·晨景①

楼上鸟望月，
阶前犬扑台。
晨风花草香，
岸柳拂面来。

五律·蒲公英

蒲草原畔生，
花开清新风。
绣绒眼迷离，
天使白仙翁。
芳姿舞自成，
流翠影无声。
无欲播空中，
有爱絮凝梦。

---

① 2020 年 4 月 9 日武汉解封翌日清晨即景。

谢池春·巴拉素

巴拉素边，井塔长廊栈桥。
矿区里、欢歌语笑。
科技兴企，看千年城堡。
赞 5G、智能领跑。

翰海翠屏，榆柳绿荫沙蒿。
凭栏去、夕阳正好。
和畅惠风，尝使白云飘。
夜已阑，当空月照。

谢池春·清水河大峡谷

清水河上，两岸赤峰绿障。
纵眼眺、峡谷景廊。
双柱高耸，笔架彩云降。
观音台，龙卧远方。

小桥老树，苇沟溪流徜徉。
柳色新、凤舞莺唱。
徒步悠然，仰山天雄壮。
蝶恋花、夏日芳香。

西江月·武大樱花

寂寞东湖三月，
云樱珞珈独怜。
庚子春里斗新冠，
静默江城不言。

孤影自怡窗外，
双蝶戏舞花前。
风摇琼蕊传羞颜，
又是落英一片。

西江月·高考又端阳

手执艾旗龙舞，
剑悬蒲草门窗。
清吟屈子壮行张，
文思涌泉酣畅。

学海扬帆苦渡，
高考适值端阳。
过关斩将露锋芒，
举杯燕园北向。

西江月 · 快意端阳

端阳颂罢《楚辞》，
谙学屈子高歌。
艾符菖蒲挂城郭，
龙舟争渡江河。

三五益友斗酒，
花间提壶蝶乐。
撸线缠粽掇青稞，
如翁闲钓江波。

西江月 · 瞻访女子治沙连

夕照塞前滴翠，
暮云漠北清风。
补浪河岸凯歌声，
巾帼植绿建功。

昔日宝刀未老，
今天飒爽女英。
治沙精神代相承，
大美榆林昌盛。

西江月·金山寺

菊黄风和秋恋，
重阳登高金山。
听古讲今意犹澜，
白蛇法海妙谈。

香烟缭绕参禅，
层台楼阁瑞联。
祥云轻送诵经板，
极目江天一揽。

西江月·英魂归乡

抗美援朝英雄，
保家卫国脊梁。
热血赤胆御列强，
忠骨异土北望。

今日山河无恙，
接我先烈归乡。
志愿军魂英名扬，
华夏鼎盛永昌。

行香子 · 夏荷晨韵

荷立池塘，蜂抱幽香。
沐晨风、紫气东阳。
漫游小径，细透祥光。
览水鸢舟，岸边柳，苑中芳。

九曲画舫，千畦回望。
碧莹莲、蝶恋鱼藏。
鸟喧语燕，蛙鼓鸣唐。
引客迷醉，秀芊韵，摄拍忙。

行香子 · 兰亭感怀

远山雾扬，雨打荷塘。
兰亭内、茂林竹帐。
白鹅戏水，墨染书香。
在池上舞，岸上歌，桥上唱。

碑林台亭，小径修篁，
永和意、之溪流觞。
酒酣乘兴，妙笔流芳。
叹圣人书，诗人雅，士人畅。

行香子·湛江感怀

椰风轻扬，南国湛江。
听潮声、壮阔徜徉。
千里波涛，尽收海港。
汇一湾水，一桥架，一广场。

茂林映芳，千坪馥香。
揽舰船、旌旗高张。
黄金岸边，海鸥翱翔。
观浪花飞，荆花紫，琼花放。

行香子·暮秋山径

溪水欢声，十月山行。
叩柴扉、却是无应。
苍苔屐齿，叶落飘零。
正霜林浓，霜叶红，霜天凝。

销魂终南，秋光翠带。
百峪美、千里秦岭。
幽兰空谷，陶公诗情。
采一篱菊，一片云，一山灵。

行香子·秋景

枫叶流丹，银杏明黄。
峰峦翠减野茫茫。
蒹葭摇曳，征雁高翔。
沐一场风，一场雨，一场凉。

云收思绪，烟笼记忆，
杖藜凝眸立斜阳。
远山溢彩，近树凌霜。
历兰花幽，荷花艳，菊花香。

行香子·柿红祯祥

风雪寒霜，萧条山梁。
火晶燃、树换红装。
坚木丰姿，繁叶尽藏。
形比灯笼，如盘龙，似凤翔。

四季轮常，荣枯沧桑。
此地间、柿意祯祥。
信步登高，绕道村庄。
几惊牛羊，唤儿郎，思故乡。

行香子·北国山景

圆柿艳红，胜过秋枫。

如意果、山中火晶。

百木凋零，谁与争容？

惜银杏落，菊花残，荻花匆。

寒信今早，卧听风声。

转瞬间、越过冈岭。

琼花飘飞，夜来雪影。

望大地锦，河山绣，北国景。

行香子·初雪临冬

戚雨随风，斑斓苍岭。

十月至、初雪临冬。

北国风光，喜作锦屏。

叹松杉冷，晚绿寒，碧云平。

夜枕飞琼，长安酣梦。

白练舞、洒向古城。

待到明朝，银装素封。

眺终南秀，锦湖美，八水静。

行香子·木王初冬

清沁北风，半逐叶红。
看山间岭上云浓。
草阶苔地，鹰戏奇峰。
藏华夏绝、华夏美、千丛景。

鸦寄梧桐，月离寒宫。
望塔云山寺苍穹。
关锁随去，木王龙洞。
听杜鹃啼、鹊桥会、天地同。

行香子·浅冬

草木经霜，万物闭藏。
朔风冷、叶落山梁。
锦云集絮，绶槿蒲黄。
辞梢花琼、芦花白、菊花苍。

暖暖冬阳，茵茵苇蔷。
瘦水依、浅波影长。
喷泉舞行，曲回桥阆。
闻鹤声啼、车声喧、歌声亮。

行香子·登莫干山

元旦山行，翠绿仙境。
凭兰台、极目胜景。
房红瓦黛，天宇空静。
看竹叠波，水叠瀑，泉叠影。

丘峦相依，盘曲画屏。
观洋楼、古今如梦。
剑池遗名，吴越传承。
醉心中山，谷中幽，禅中情。

行香子·冬月清辉

冬夜清辉，月色影碎。
凝眸处、玉兔半窥。
竹间灯屏，虬枝点缀。
似叶上霜，池上冰，天上彗。

浮生未歇，不恋今岁。
闲适时、乐活谁归？
相忆往昔，旧事犹追。
仅一声叹，两声笑，声声慰。

行香子·羊泉冬夜

冬日夕阳，晖洒山岗。
依群峰、溪水流畅。
月凝露聚，收尽天罡。
看清无尘，人未眠，夜未央。

小院围墙，隐隐灯光。
北风吹、划破沧桑。
作伴闲云，诗在远方。
正酒色齐，歌色舞，声色狂。

相见欢·秋思

月寒云稀薄霜，天微凉。
把盏对酌相谈、诉衷肠。
烹香茗，枕风清，梦已冷。
雁过黄花影依、忆夕阳。

相见欢·秋忆

竹青叶黄枫红，忆秋风。
粉墨秦岭层林染大坪。
溪水清，深潭镜，看劲松。
纵然落叶无情思丹枫。

相见欢·枫红

节过霜降露浓，枫叶红。
欲向终南觅景、秋无踪。
星光寒，月高悬，孤灯馆。
心思南飞归燕、路遥远。

相见欢·冬日寻芳

冬日太白寻芳，梅花香。
凌寒傲骨娇美、百花藏。
莺无语，月光去，意绵长。
一樽浊酒独饮、凝成霜。

相见欢·辛丑月圆

辉洒清影月满，到天边。
万家灯火千里、共团圆。
歌无尽，舞姿美，笑开颜。
同乘玉轮旋转、看河山。

一剪梅·灯光秀

夜色阑珊灯光秀。
霓虹初上，绚丽高楼。
五星闪耀灿如昼，
萍水漂浮，倒影悠悠。

疏风细雨落枝头。
清尘云洗，叶黄知秋。
池边月桂婆娑幽，
香阵冲透，心肺沁透。

一剪梅·夜雨秋思

黄叶飘零稀疏柳。
水自寒凉，风悦暮秋。
连天霢雨徒生愁，
今夜抒怀，云遮星斗。

芦花如雪鬓霜稠。
眉黛已衰，月斜心头。
人生笑对一壶酒，
未尝风流，细数风流。

一剪梅·秋雨

雨打残荷满塘羞。
点点湖光，谁采莲藕。
三五野鸭水中游，
飞鸢逝去，岸边孤舟。

一地落叶徒自留。
翠林无语，笑开石榴。
捷足小桥步履骤，
细雨锁秋，苇影韵秋。

一剪梅·秋水重阳

几汪秋水到重阳。
天高云扬，地染沧桑。
何处丹桂任飘香，
前接梧桐，后引菊黄。

岁月流逝暗思量。
韶华易逝，人生惆怅。
风雨如磐诉衷肠，
诗酒时光，无限风光。

一剪梅 · 寒露苇花

萧瑟西风芦荻舞。
白练似霜，摇曳起伏。
丹桂红枫堤草枯，
散淡飘逸，一片烟渚。

菊黄相衬已寒露。
柿红叶稀，浅树翠湖。
且观长安千重蒻，
谁惊闲鹭？秋水鸥鹭。

一剪梅 · 咏蜡梅

缀雪凌寒蜡染妆。
斜点枝琼，傲笑风霜。
冰心玉骨透金黄，
翠羽清仙，雅俗共赏。

恋破竹斋沁暗香。
疏条花冷，神逸心藏。
瑶池絮语暗思量，
不负年华，不负时光。

一剪梅·冬至

阴极阳生日影短。
天地轮回，又至寒关。
闻香寻梅傲枝绽，
顾盼飞花，松立竹芊。

冬韵三友数九寒。
否去泰来，心静身安。
和祥孝悌不多言，
朔野霓云，雪落新年。

忆秦娥·长安秋雨

秋雨泻，
长空浩淼云水裂，
云水裂，
烟雾弥漫，
秦岭山阙。

金风扫过银杏叶，
望尽古城八水越。
八水越，
长安翠屏，
峻险西岳。

忆秦娥·浐灞水

全运会，
奥体中心浐灞汇。
浐灞汇，
盛世华城，
青山绿水。

胜景喜迎八方客，
秋雨逸尘长安醉。
长安醉，
折柳相送，
风雅今随。

渔家傲·中原暴雨

天河倾泻三伏天，
千年一遇今朝见。
仿佛泽国平地卷，
乌云翻，
暴雨狰狞虐中原。

洪魔无情成灾难，
互助相扶真河南。
军民协力急救援，
同心战，
大水过后人平安。

渔家傲·初秋夜雨

昨夜风急雨声哮，
吹乱满池荷塘草。
水打青萍蛙鱼跳，
今夏好，
暑去清爽身无燥。

残酒消梦晨曦早，
凉亭曲桥轻烟绕。
漫步平岸似仙道，
秋光骄，
南望秦岭天空高。

渔家傲·秋雨重阳

秋雨连绵久不开，
残天如水云徘徊。
忽如一夜重阳来，
雾清霭，
极目远眺南山黛。

客乡游子蹬高台，
一抹菊黄添异彩。
且看枫叶独青睐，
心畅快，
扫去平常眉头乖。

雨霖铃·初夏骤雨

初夏时节，
千里长烟，苍云掩月。
一时风起四野，
狂催树，骤雨初下。
顷刻穹窿倒悬，
且惊雷电斜。
落水泄、古城踏波，
坐看车似舟曳。

怎堪滂沱溪流决，
长路间，瀑影婆娑掠。
花落水中春去，
暗留恋，愁窗泪别。
独自凭栏，
高楼无语问道宫阙。
愿今宵洗尽凡尘，
静卧风雨夜。

雨霖铃·屈子祭

粽叶飘香，
龙舟竞渡，饮酒雄黄。
《天问》《九歌》《国殇》，
悲怆去，怀沙投江。
清风劲节辞章，
千古成绝唱。
忆往昔，路漫求索，
烟波汨罗水长。

人生自来苦难多，
庚子疫，荆楚遭此殃。
白衣执甲齐战，
平魔疾、神州福康。
时序端阳，
已是国泰民安呈祥。
犹记屈子精魂在，
夏花好风光。

雨霖铃·黄鹤凄切

江汉呜咽，
唯龟蛇怜，鹤声凄切。
孤帆远影沉郁，
伤春处，咫尺天涯。
蜗居同甘共患，
令新疫枉自。
风猎猎，玉龙伏波，
大河安澜楚天阔。

自古华佗圣手多，
斗魔冠，医心照明月。
寂寥朝夕禁出，
空悲叹，冷落长街。
辞去旧年，
依是芳菲美景秀色。
春风起、杨柳青青，
重整新山岳。

虞美人·旬阳秋高

旬阳寻梦中秋前，
遥拜毛公山。
一盏清香桂花酒，
登临高台碧水眼底收。

今朝问道太极城，
汉江掉头东。
菊灿篱畔风光好，
两只蝴蝶飞落秋声高。

虞美人·辛丑中秋月

皎皎玉盘山中挂，
群峰静如画。
吴刚斫桂凝香露，
姮娥蟾宫临台冷秋魄。

天上人间共此夜，
把酒对圆月。
万里星空云无边，
豪情千丈直冲九宵汉。

永遇乐·横山赋

横亘西东，延袤千里，静守北疆。
纵跨长城，六盘山起，俯瞰黄河长。
飞临崇岭，大漠北去，黄土高坡南望。
无定河、西阳坬山，波罗古堡风光。

抚今追昔，英才辈出，气吞山河雄壮。
天涯边塞，金戈铁马，去国怀远方。
三羊开泰，油气煤盐，耕牧新风传唱。
信天游、说书阳歌，腰鼓豪放。

永遇乐·七月驼城

大漠熏风，榆柳婷娉，云高鸿翔。
曲水溪城，镜湖倒影，沙棘腾金浪。
极目远岭，翠岚烟莹，荫翳林堤气朗。
骤风起，丝绦飞箭，英姿飒飒驰爽。

镇北台畔，伟业千古，巨变神州苍莽。
丝路追梦，扬鞭策马，盛世共荣享。
七月似火，蒹葭婀娜，清丽阆宫淳象。
诵今朝，红日璀璨，乾坤力量。

玉堂春·国色天香

凤姿无间。
魏紫姚黄东苑。
近吻仙丹，醉赏天香。
华贵雍容，
待暮春花淡，
色艳娇娆向后皇。

拍照留芳芊韵，
网红游洛阳。
燕雀啾啾，
蝶戏花惊起，
乐活忘归缀月光。

忆江南·春去也

其一
春去也，小径乱飘红。
芳草碧堤湖色静，
柳条斜倚照东宫，
飞絮觅蝶踪。

其二
春去也，化泥落花伤。
掬水抱明溪影浅，
芳菲涓滴慰余香，
含笑照残妆。

其三
春去也，华发已飞霜。
诗酒茶情觥盏梦，
仁山瑶水解时光，
恬淡自安康。

夜行船·蔷薇花醉

花斗蕊香神追，
满架醉、半红蔷薇。
香魂如瀑惠风吹，
犹自戏舞双蝶飞。

青嫩含苞珠蕾堆，
廉纤小雨生翠微。
绿木荫浓夏将至，
暮春叠绮长安归。

醉花阴·秋分雨

冷风凄雨连夜昼，
行人几多愁。
飘零落叶黄，
残荷谢幕，薄凉水中鸥。

枫林华谷恋三秋，
千山红妆秀。
新酌一杯酒，
醉意情浓，怎不心醋透！

醉花阴·知秋

秋分雨洒河上柳，
薄雾绕枝头。
长堤云间走，
花碎风中，一叶落知秋。

依栏挠腮鬓白首，
岁月如水流。
临窗观西楼，
灯红酒畅，祥瑞疫情休。

图书在版编目（CIP）数据

天高月白／董建成著. —— 北京：中国文史出版社，

2022.1

（跨度诗人书系）

ISBN 978 - 7 - 5205 - 3347 - 8

Ⅰ．①天… Ⅱ．①董… Ⅲ．①诗集 - 中国 - 当代

Ⅳ．①I227

中国版本图书馆 CIP 数据核字（2021）第 228513 号

责任编辑：薛媛媛

出版发行：中国文史出版社

社　　址：北京市海淀区西八里庄路 69 号院　邮编：100142

电　　话：010 - 81136606　81136602　81136603（发行部）

传　　真：010 - 81136655

印　　装：廊坊市海涛印刷有限公司

经　　销：全国新华书店

开　　本：720×1020　1/16

印　　张：17　　　　字数：185 千字

版　　次：2022 年 1 月第 1 版

印　　次：2022 年 1 月第 1 次印刷

定　　价：58.00 元